Кобзар

シェフチェンコ自画像（1845年）

シェフチェンコ詩集

コブザール

藤井悦子編訳

群像社

目次

＊は訳者の注記、†は作品解説で言及しています。

第一部　孤独・流離《さすらい》

想い《ドゥムカ》†

水は青い海へと流れて行くが、
けっして　溢れ出ることはない。
コサック*は自分の運命を探し求めるが、
運命†には出会えない。
果てしない世界を歩きまわっただけ。
青い海はとどろき、
コサックのこころは波立つ。
だが、頭《あたま》†は問いかける。
「よく考えもしないで、おまえはどこに行こうとするのか？
だれのためにお前は、
父を　老いた母を

＊コサック＝起源はチュルク語で「自由な人」「群れを離れた人」の意味。ウクライナ語では「コザーク」。解説参照。

若い娘を棄てたのか。
異国の人は故郷の人とは違っている。
異国で彼らとともに暮らすのは辛いこと！
ともに泣いてくれる人も
ともに語り合う人もいない。」

コサックの若者は岸辺に腰を下ろしている。
海はとどろく。
幸運に巡りあえると思っていたけれど
出会ったのは悲しみだけだった。
鶴は列を組んで家路を急ぐが、
若いコサックは　ただ泣いているだけ。
踏み荒らされた道には
棘《いばら》が生い茂った。

Думка

一八三八年　サンクト・ペテルブルク

気が狂《ふ》れた娘†（抄）

それがこの娘の運命《さだめ》でしょうか？　慈愛に満ちた神さま、
なぜこの娘にそのような罰をお与えになるのでしょう？
コサックの若者の美しい瞳をこんなにも深く愛したからでしょうか？
どうか身寄りのない娘をお許しください。
だれを愛すれば良かったのでしょう？　父も母も亡く、
遠い異国の空を流離《さすら》う小鳥のように　ひとりぼっちなのです。
どうかこの娘に幸運を授けてください。まだこんなに若いのです。
異国の人間はこの娘を蔑み、笑いものにします。
小鳩が若い雄鳩を愛するのは罪でしょうか。
鷹に殺された若い雄鳩に罪があるのでしょうか。
悲嘆にくれ、くうくうと鳴き、生きることに疲れ果てています。
空を飛び、探しまわり、考えあぐね——道がわからなくなりました。
空高く舞い、慈愛に満ちた神の御許《みもと》に翔《か》け上《のぼ》って、尋ねることができるなら、小鳩はどんなに幸せでしょう。
身寄りのないこの娘はだれに尋ねたらよいのでしょう。
だれが娘に教えてくれるでしょう。いったいだれが知っているでしょう。
恋人がどこで夜をあかしているのか、暗い森の中か、
それともドナウ*の早瀬で馬に水を飲ませているのか、
もしや、別の娘に恋をして
彼女のこと、黒い眉の娘のことは忘れてしまったのでしょうか。
もしも彼女に鷲の翼があったなら、
青い海の彼方に飛んで行き、恋人を見つけることもできるのに。
彼が生きていて、ほかの娘を愛していたら、その娘の息の根を止めてやりましょう。
彼が息絶えてしまったのなら、ともに墓に横たわりましょう。
こころはほかのだれかと愛を分かち合うことを望まず、
こころは神さまがわたしたちに定めた道を歩むことも望まない。
こころは生きることを望まず、嘆き悲しむことも望まないのに、
頭《あたま》が「嘆きなさい」と言って、悲しみを背負わせるのです。
慈悲深い神さま！　これがあの娘に定められたあなたのご意思、

これがあの娘の幸せ、これがあの娘の運命なのでしょうか！

Причинна (49-78)

一八三七年　サンクト・ペテルブルク

*ドナウ＝ドイツから東欧を流れ、ウクライナ南部で黒海に注ぐヨーロッパ第二の大河。

想い†

なんのために　わたしに黒い眉*があるのでしょう？
なんのために　栗色の瞳があるのでしょう？
なんのために　若く朗らかな
乙女の歳月があるのでしょう？
わたしの青春の日日は
むなしく過ぎゆくだけ。
瞳は涙にぬれ、黒い眉は
風にさらされて　色あせる。
まるで自由を奪われた　小鳥のように、
歌いつつ　こころは萎れる。
幸運が訪れないのなら、
わたしの美しさがなんになるでしょう？
この世で身寄りもなく

ひとりぼっちで生きるのは辛い。
故郷の人もまるで異国の人のよう。
語り合う人もいない。
なぜ瞳から涙がこぼれるのか
尋ねてくれる人もいない。
こころがなにを欲するのか
こころがなぜ　小鳩のように
昼も夜も泣いているのか
訴える相手もいない。
だれも尋ねてはくれない、
知ろうともせず、聞こうともしない。
異国の人は尋ねたりしない――
いったいなんのために尋ねなければならないのか？
みなし児は泣かせておけばいい、

＊黒い眉＝若さを表現することば。「黒い眉の乙女」は若く美しい乙女のこと。

歳月を無駄に過ごさせればいい……
こころよ泣け、瞳よ涙を流せ、
やがて、眠りに落ちるまで。
もっと大きな声で、
もっと悲しみに満ちた声で泣け。
風が聞きつけて、嵐となり、
青い海の彼方
褐色の髪の　不実な若者に
不幸が起こるように。

Думка

一八三八年　サンクト・ペテルブルク

カテリーナ†（抄）

この世では　人が人にたいして
平気でこんな仕打ちをする。
ある者は縛り上げられ、ある者は斬り殺され、
ある者は自ら身を亡ぼす。
いったいなんのためか？　神さまだけがご存じだ。
世界はこんなに広いのに、
孤独な人間が　この世で
身を隠す場所はない。
運命によって　ある者には
世界の果てから果てまで与えられるのに、
別の者には　葬られるための土地が
残されているだけだ。
ともに暮らし、愛し合いたいと

こころの準備を整えていた、
あの人たち、あの善き人たちは、どこにいるのだろう。
いなくなってしまった、消え失せてしまった！

※

この世には恵まれた運命がある。
だが、それを知っているのはだれだろう？
この世には自由がある。
だが、それを持っているのはだれだろう？
金銀で飾り立て、
権力を手にしながら
恵まれた運命を自覚しない人、
幸運も自由も知らない人、
そんな人がこの世にはいる。
ゆったりとした着物に身を包んで

倦怠と愁いにとらわれる。
さりとて泣くのは恥ずかしい。
金銀を手に入れ、
金持ちになるがいい。
だが、わたしは　涙を選ぼう――
災いを押し流すために。
不運は涙の雨に
沈めてしまおう。
束縛は素足で
踏みつぶしてしまおう。
こころのおもむくままに
自由にそぞろ歩く　そのときこそ
わたしは晴れ晴れとした気持ちになるだろう。
そのときこそ　わたしは豊かになるだろう。

※

樫《かし》の枝をへし折るのは
風でもなく　吹きすさぶ嵐でもない。
母がこの世を去るのは
不幸や耐え難い苦しみからではない。
母を葬った幼い子どもたちは
みなし児ではない。
母の良い評判が残され、
墓が遺されている。
根性のねじ曲がった人間が
幼いみなし児をあざ笑っても
墓の前で思いきり泣けば
小さなこころはやすらぐだろう。
だが　父親が目もくれず、
母親にも置き去りにされたこの子には
この世で　なにが遺されているだろう。

父《てて》なし子には　なにが遺されているだろう？
だれがことばをかけてくれるだろう？
家族もなく　家もない。
あるのは　道と砂ぼこりと不幸だけ。

Катерина (289-304, 305-328, 687-706)

一八三九年　サンクト・ペテルブルク

わたしの詩《うた》、わたしの想いよ、†
おまえはわたしを苦しめ　悩ます。
なぜ　陰鬱な列を連ねて
紙の上に立ち尽くしているのか。
風はなぜ　埃を払うように
おまえを大草原《ステップ》に吹き飛ばしてしまわなかったのか。
不幸はなぜ　わが子を殺《あや》めるように
眠っているおまえの息の根を止めてしまわなかったのか。
不幸がおまえをこの世に産み落としたのは　物笑いの種にするため。
溢れ出た涙はなぜ　おまえを沈めてしまわなかったのか。
海に運び、広野に洗い流してしまわなかったのか。
そうすれば、人は尋ねはしなかっただろう。
わたしの苦しみはどこからくるのか、なぜ運命を呪うのか、
なにゆえに思い煩《わずら》うのかと。「甲斐のないことを」と

嘲《あざけ》りのことばを投げかけられることもなかっただろう。

　　　わたしの花、わたしの子どもたちよ！
おまえたちをいつくしみ、育ててきたのはなんのためか。
おまえたちとともに泣いたわたしのように、
この世にただひとりでも　涙を流す人がいるだろうか。
きっといると信じてきた。
　　わたしの詩《うた》に涙を注いでくれる
　乙女のこころと栗色の瞳に
　出会えるならば、
　　それ以上のなにを望もうか。
栗色の瞳からこぼれる　ひとしずくの涙があれば
わたしは王者のなかの王者。
わたしの詩、わたしのこころの想いよ！
おまえはわたしを苦しめ　悩ます。

栗色の瞳と
黒い眉を恋い慕って
胸は張り裂けんばかりに高鳴った。
ことばを選び、想いをこめて
詩を歌ったものだった。
けれどもまた、闇の夜と
緑濃き桜の園、
乙女の愛のささやきをしのび、
ふるさとウクライナの
草原《ステップ》と塚《モヒラ》*を思い描けば、
こころは沈み、憂いに満ちて、
異郷で歌う気持ちは萎えた。
雪深い異郷の森で
ヘトマン*の旗印を掲げた
コサックの仲間たちを
会議に集める気にはなれなかった。

コサックの魂は
ウクライナにとどまらせよ。
かの地は　果てから果てまで
広びろとして　歓びにあふれている。
滅び去ったあの自由のごとく、
ドニエプル*はあくまで広く、まるで海のようだ。
草原《ステップ》は連なり、
奔流が轟く。
塚は山のように聳え立つ。
かの地にコサックの自由が誕生し、
野を駆け巡ったのだ。

*モヒラ＝墳墓。解説参照。

*ヘトマン＝ウクライナ・コサックの頭領の呼称。解説参照。

*ドニエプル＝ロシア北西部から白ロシア、ウクライナを経て黒海に注ぐヨーロッパ第三の大河。ウクライナ語ではドニプロ。シェフチェンコは「ドニプル」も使っている。

ポーランドの貴族やタタール*の屍体で
広野という広野は
覆いつくされ、
ついに広野は倦み疲れた。
自由は休息のため　身を横たえた。
そのあいだに土が盛りあがり　塚ができた。
上空を黒鷲が
哨兵のように旋回し、
コブザール*は　失われた自由について
人びとに　歌って聞かせる。
盲目の貧しいコブザールが
昔のことを　明け暮れ歌い続ける。
彼らには　機知と才気があるけれど
わたしにできるのは　泣くことだけ。
ウクライナを思って　涙を流すだけ。
語るべきことばがない。

不幸について語るのはもうたくさんだ！
誰ひとり　それを知らない者はいないのだから。
とりわけ　こころの眼で
人びとを見ることのできる者には
この世は地獄。
それでは　あの世はどうだろう……

わたしに運がないのなら
どんなに嘆いても　幸運を
呼び寄せることはできない。
苦しみが三日も居すわるなら、
わたしはそれを隠してしまおう。

＊タタール＝モンゴル系遊牧民。十三世紀以降、東ヨーロッパをたびたび侵略した。
＊コブザール＝日本の琵琶に似たウクライナの伝統的楽器コブザを弾きながら歌い語る人。解説参照。

この凶暴な毒蛇を
こころの奥に隠してしまおう。
不幸のほくそ笑むのが
敵たちの眼にとまらぬように。
わたしの想いはあの大鴉《オオガラス》のように
空高く翔ばせ、大声で鳴かせよう。
だがわたしのこころは、鶯《ウグイス》のように
ひそやかに囀《さえず》り、囁かせよう。
そうすれば人びとの眼にはとまらず、
嘲笑《わら》われることもないだろう。
わたしの涙を拭《ぬぐ》わず、
流れるにまかせよ。
来る日も来る日も
異郷の野に涙を注がせよ。
やがて命果て、
異国の土に葬られるまで。

こういう具合なのだ、いったいどうすればいいのだろう?
嘆いてもなんの足しにもならない。
みなし児を妬むものがあれば、
神よ、彼に罰を与え給え。

わたしの詩、わたしの想いよ、
わたしの花、わたしの子どもたちよ!
手塩にかけて育てあげ、見守ってきたおまえたちを
いま　どこに送りだしたらいいだろう。
ウクライナに行け、わたしの子どもたち!
ふるさとのウクライナに行き、
家なき身で　路傍をさまようのだ。
だがわたしは　この異国で朽ち果てよう。
ウクライナでは　誠実なこころと
やさしいことばに　出会うだろう。
偽りのない真実に出会うだろう。

さらに、栄誉も　見出せるかもしれない……

わたしの母よ、わたしのウクライナよ！
思慮分別のない　わたしの子どもたちを
あたたかく　迎え入れておくれ、
あなたの子どもを迎えるように。

«Думи мої, думи мої...»

一八四〇年三月上旬　サンクト・ペテルブルク

風が　木立と語り合い、
葦の葉に　ささやきかける。
ドナウの川を　小舟が下る、
一艘だけ　流れに乗って。
船底に水のたまった　小舟が漂う、
だれひとり　舟を繋ぎとめる者もない。
いったいだれが舟を繋ぎとめるというのか——
漁夫は　とうの昔に　世を去った。
小舟は　青い海原へと漂い　流れる。
海が　躍りはじめ、
波は　小山のようにうねり狂う——
あとには　木っ端ひとつ　残っていない。

故郷を離れたみなし児の

長くはない人生、
苦難に向かう道のりも
海に向かう小舟と　同じ。
善良な人びとは
冷たい波のようにたわむれる
そしてみなし児が泣くのを見て　驚く。
あとになって　みなし児はどこにいるか　と尋ねても
人びとは　なにも聞いていない、なにも見ていない。

一八四一年　サンクト・ペテルブルク

«Вітер з гаєм розмовляє...»

修道女マリヤーナ（抄）

オクサーナ・コヴァレンコ*に捧ぐ
過ぎし昔の思い出に

木立を吹く風で
柳やポプラの樹が　しなる。
風で樫の枝は折れ、
回転草*が　ころころと野原を転がる。
人の運命も　また同じ。あるものは　壊され、
あるものは　ねじ曲げられる。
わたしも　ころころと転がり、どこで止まるのか
自分でもわからない。
どこの土にわたしは葬られるのだろうか、

＊オクサーナ・コヴァレンコ＝シェフチェンコの幼馴染みの女性。解説参照。
＊回転草＝砂漠地帯の雑草の一種。枯れると根から折れて風に吹かれて転がる。タンブルウィード。

どこに避難所を見つけ、永遠の眠りにつくのだろうか。
幸せにも　才能にも恵まれず、
故郷に残してきた人もなく、わたしを思い出す人もいないとしたら、
おどけて、「安らかに眠れ、早死にするのも彼の運命です」と
言ってくれる人もいないだろう。
これが真実なのだろうか。今は人妻となっている黒い眉のオクサーナよ。
粗末な服に身を包んで、奇跡のような　きみの美しさに見とれていた、
あのみなし児を　きみは思い出すことはないのだろうか。
きみは　そのみなし児に　ことばではなく
瞳で、魂で、こころで語ることを教えてくれた。
だれとともに　きみは笑い、泣き、こころを痛めたのか、
だれのために　きみはペトルーシャの歌*を歌いたがったのか、
きみは　おぼえていないのだろうか。

Мар'яна-черниця（1 〜 23）

一八四一年　サンクト・ペテルブルク

なぜ　わたしは辛いのか、なぜ　苛立《いらだ》っているのか、†
なぜ　こころは嘆き、涙を流し、大声をあげて泣くのか、
まるで飢えた子どものようだ。
わたしのこころは　鬱鬱としている。
おまえはなにをほしがっているのか、どこか痛いのか？
喉が渇いているのか、腹が減っているのか、それとも眠りたいのか？
わたしのこころよ、眠れ、永遠に目覚めることなく、
むき出しで　傷ついたまま。
愚か者どもは　怒り狂わせておけ。
こころよ、目を閉じよ。

«Чого мені тяжко, чого мені нудно...»　一八四四年十一月十三日　サンクト・ペテルブルク

＊ペトルーシャの歌＝民謡のひとつ。恋人のために歌う歌。

小さなマリヤーナに†

大きくなれ、大きくなれ、わたしのいとしい少女、
わたしの小さな芥子《けし》の花よ、
おまえのこころが打ち砕かれないうちは　ほほ笑《え》んでいるがいい。
人びとが　おまえの咲く静かな谷間を
見つけだすまでは。
ひとたび見つけだしたら――人びとは遊びたわむれ、
おまえを萎《しお》れさせ、捨て去るだろう。
美しさに包まれた
若き歳月も
涙に潤んだ
栗色の瞳も
そしておまえの内気な
乙女らしい善良なこころも

貪欲な眼《まなこ》から
おまえを守ることも　隠すこともできないだろう。
悪人どもがおまえを見つけ出し、奪い取るだろう。
そして、かわいそうなおまえは
地獄の窯《かま》に放りこまれるだろう、死ぬほどつらい目に遭い、
神を呪うことになるだろう。
花開くな、生まれたばかりの　わたしの花、
ほころび初《そ》めし蕾《つぼみ》よ。
静かに萎れてしまいなさい、
おまえのこころが打ち砕かれる前に。

Маленькій Мар'яні　　一八四五年十二月二十日　ヴィユーニシチェ

　かあさんを棄ててはいけないよ、と忠告されたのに†、
おまえは母を残して、どこかに行ってしまった。
母親は探しまわったが、おまえを見つけ出せなかった。
やがて　探すのをあきらめて、泣き泣き　世を去った。
おまえが遊んでいた　あの場所では、
もう長いこと　物音ひとつ聞こえない。
飼い犬も　どこかに行ってしまった。
家の窓はこわれたまま。
うす暗い庭で　昼間は山羊が草を食《は》み、
夜には　フクロウやコノハズクが
予言者めいた鳴き声で
隣人の眠りを妨げる。
十字形の花を咲かせる蔓日日草《つるにちにちそう》は
雑草のようにあちこちに茎を伸ばし、

おまえの頭を飾ることもなく　ただ待ちわびる。
清らかな水をたたえていた木立の中のあの池
おまえが昔　水浴びをして遊んだあの池は乾き、
繁みの樹樹《きぎ》は　身を屈めて　嘆き悲しんでいる。
繁みには　小鳥の歌声も聞こえない――
小鳥まで　おまえは連れ去った。
谷間の井戸は　崩れ落ち、
柳も枯れて　傾《かし》いでいる。
おまえが歩き回った　あの小径は
棘《とげ》のある　いばらに覆われた。
おまえはどこに飛び去り、どこに姿を隠したのか。
だれのもとに走り去ったのか。
ふるさとを遠く離れて　見知らぬ家族のなかで
おまえはだれを喜ばせているのか。だれを、
いったいだれを　その腕に抱いているのか。
御殿のような家の中で

贅沢に暮らせるという予感があったのか？
うち棄てられた家を思って　こころが痛まないのか。
わたしは神に乞い願おう。
悲しみが　おまえを永遠に目覚めさせないように。
悲しみが　御殿の中のおまえを見つけ出さないように。
おまえが神さまを裁くことのないように。
そして　母を呪うことのないように。

В казематі, 4 «Не кидай матері, казали...»

一八四七年四月十七～五月十九日　サンクト・ペテルブルク

三本の広い道が
ひとつに交わっていた。
ウクライナから　見知らぬ土地へと続く広い道を
兄弟は　別れ別れに旅立って行った。
老いた母を　故郷に残して。
上の兄は　妻を残し、
二番目の兄は　妹を残し、
末の弟は　若い恋人を残して。
老母は　広野に
三本のトネリコの樹を植えた。
嫁は　見あげるような
ポプラの樹を　植えた。
妹は　谷間に三本の
プラタナスの樹を植えた。

末の弟の恋人は
赤い実のなる　スイカズラの樹を植えた。
三本のトネリコは　根付かなかった。
ポプラの樹は　立ち枯れた。
三本のプラタナスは　乾いてかさかさになり、
スイカズラは　萎《しお》れてしまった。
三人の兄弟は　もう、帰らないだろう。
老いた母は　涙にくれ、
嫁も　火の気のない家で
子どもたちと　泣き暮らしている。
妹は泣いたあと、兄弟を探しに
見知らぬ土地目指して　旅立った。
末の弟のいいなづけは　世を去って
墓のなかに眠っている。
三人の兄弟は　家路を辿ることなく、
世界中をさすらっている。

三本の広い道には
いばらが生い茂ってしまった。

В казематі, 6 «Ой три шляхи широкії...»

一八四七年四月十七〜五月十九日　サンクト・ペテルブルク

コストマーロフに*

輝く太陽が
春のあかるい雲のあいだに見え隠れしていた。
足枷をはめられた客人たちには
不幸という茶がたっぷりふるまわれていた。
青い制服を着た哨兵たちの
交替の時間だった。
鍵のかかった扉にも
窓にはめられた鉄格子にも
わたしはいくらか慣れてしまって、
ずっと昔に　とめどなく流した涙、だがとうの昔に
しまいこんで忘れてしまった　苦く悲痛なわたしの涙を
惜しいと思わなくなっていた。
涙がとめどなく　不毛の大地に流れ出た。

せめて毒草の一本なりとも　生えてくれればよいものを、
なにひとつ　芽吹きはしなかった
わたしは　ふるさとの村を思い出した。
だれがその村に住んでいるだろう。
父も母も墓に眠り、
わたしを思い出してくれる人はひとりもいない。
こころは悲しみで焼けただれた。
だが、ふと見ると、兄弟よ、きみのかあさんが
黒い大地よりも暗い顔をして、
まるで十字架から降ろされた人のように
歩いているではないか。
祈ります！　神さま、わたしは祈ります！
あなたを褒めたたえることをやめません、
牢獄で鎖につながれた苦しみを

＊コストマーロフ＝ミコラ（ニコライ）・コストマーロフ（一八一七－八五）。一八四六年にキエフ大学に着任した歴史学者。解説参照。

わたしはほかのだれとも分かちあわずにすむのですから！

В казематі, 7 Н.Костомарову

一八四七年五月十九日　サンクト・ペテルブルク

農家のそばの桜の庭、
樹のうえで　コガネムシがぶんぶん羽音をたてる。
農夫たちが　犂をかついで歩いて行く。
娘たちが　歩きながら歌をうたっている。
そして母たちは　夕餉《ゆうげ》の仕度をして待っている。

家族が家のそとで　夕餉をとるころ、
宵の明星が昇ってくる。
娘が夕餉の食卓に料理を運ぶ。
母は指図しようとするが
夜鳴き鶯《ナイチンゲール》に邪魔されて　声が届かない。

母は家のそとで
幼い子らを寝かしつけ、

自分もかたわらで眠りこんでいる。
すべてが静寂につつまれた。
静まらないのは　娘たちと夜鳴き鶯《ナイチンゲール》だけ。

В казематі, 8 «Садок вишневий коло хати...»

一八四七年五月十九日〜三十日　サンクト・ペテルブルク

夜も明けやらぬ早朝に
新兵たちが村を発つ。
若ものたちの後を追い、
ひとりの娘が村を出た。
老母は足を引きずって、
娘を求めて　野を走り、
やっとのことで　追いついた。
連れ戻し、くどくどと叱りつけた。
とうとう　娘は息絶えた。
老母も乞食になりはてた。

何年かが過ぎた。
村はすこしも変わらない。
村のはずれに　一軒の

傾《かし》いだ空き家が　建っている。
空き家のまわりを　松葉杖の
若い兵士が　足を引きずり歩いている。
庭に目を向けても
空き家を見つめても
無駄なことだよ、兵隊さん。
黒い眉の娘が　家から顔を出すことはない。
夕餉の仕度ができたよと、
老母が声をかけることもない。
だが、あのころ、あのころは声がした。
ルシニク*は　織り上げられ、
スカーフは　絹糸で
美しく　刺繍されていた。
しずかに暮らし、愛し合い、
神さまを褒めたたえようと思っていたのに。
それなのに……世の中で

頼るべき人は　だれもいない。
ひとりぼっちで　廃屋のわきに坐っている。
あたりに　夕闇が忍び寄り、
フクロウが　老婆のように目を凝らして、
窓の中を　覗いている。

В казематі, 9 «Рано-вранці новобранці...»

一八四七年四月十七日～五月十九日　サンクト・ペテルブルク

＊ルシニク＝美しく刺繍したタオル。結婚を承諾したしるしに女性から男性に贈る。

ある人に

十三になるころ　村はずれで
わたしは　仔羊の世話をしていた。
あんなにも幸せだと感じたのは
お日さまが　まぶしく輝いていたせいだろうか。
喜びが　こころの底からこみあげて、
まるで　神さまといっしょにいるような気がした。
羊に草を食《は》ませる時間だよ、と呼ばれても
丈高い草むらに身を置いて、
神さまに祈りを捧げていた……わたしにはわからない、
どうして　あのとき　幼いわたしが
あんなにもやさしい気持ちで　神に祈りを捧げたのか、
どうしてあんなにも楽しかったのか。
神のおわす天上も、地上の村も

羊たちさえ　楽しげに見えた。
太陽は暖かな光を投げていたが、灼けつく暑さではなかった。
けれど　暖かかったのは　ほんのいっときだった。
祈りは長くは続かなった……
太陽は燃えあがり、真っ赤に染まった。
楽園に火がついた。
ふと、われに返って　あたりを見回すと
村は黒ずんでいた。
神のおわす空は青ざめ、
やつれて見えた。
わたしは　仔羊たちに目を向けた――
だが　羊はわたしのものではなかった。
振り向いて　家を見た――
わたしの家はなかった。
神はわたしに　なにひとつ与えなかった。
涙が　どっとあふれ出た――

辛い涙だった。
ほど遠からぬ道の辺で
娘がひとり
麻糸を選り分けていた。
わたしの泣き声を聞きつけて
そばに寄り、慰めて、
わたしの涙を拭ってから
　キスしてくれた……
お日さまはふたたび輝きだした。
世界のすべてが――わたしのものになった。
畑も森も果樹園も。
わたしたちはふざけながら、
他人の羊を水飲み場に追いこんだ。
　愚かなこと！　今でも、思い出を辿るたび、
こころは泣き、こころは痛む。
こんな楽園で　生涯を過ごす幸せを

神はなぜ　わたしに与えなかったのか。
畑を耕す農夫として　一生を終えたなら
この世のことをなにひとつ　知らずにすんだのに。
愚者として　世をすねることもなかったのに。
人をも神をも呪わずにすんだのに。

N.N.(«Мені тринадцятий минало…»)　　一八四七年六月末～十二月　オルスク要塞

自分でもわからない。どこに身を置けばいいのか？
なにをしたらいいのか、なにを始めたらいいのか？
人を恨み、運命を呪っても
なんの役にも立たない。
異国でただひとり、どう生きればいいのだろう？
囚われの身でなにができるだろう？
鎖を噛み切ろうとしても
かすかに　歯形がつくだけ。
鍛冶屋が鉄を鍛え、
鎖をつくったのは、
噛み切られるためではないのだから。
なんと辛いことか！　ウラルの彼方の果てしない草原《ステップ》で
身寄りもなく、囚人として生きるのは。

«Самому чудно. А де ж дітись?...»

一八四七年六月末〜十二月　オルスク要塞

コザチコフスキィに*（抄）

わたしの青春は終わりを告げようとしている。
幸運も潰えた。それなのに、ふたたび
希望が囚われの身に沸き起こり、
わたしのなかで不幸が蠢き始めて、
こころに悲しみを背負わせる。
ひょっとしたら、なにか良いことに巡りあえるだろうか？
流した涙で　災いを乗り越えることができるろうか？
ドニエプルの水を　思う存分飲み、
友よ、きみに再び相まみえることができるだろうか。
静けさにみちたきみの家で
再び、きみと語りあう日がくるだろうか？　怖ろしい！

＊コザチコフスキィ＝アンドリィ・コザチコフスキィ（一八一二－一八九）。ウクライナに住むシェフチェンコの親しい友人、医師。

自分に問うのが怖ろしい。
それは、いつか現実のこととなるだろうか？
それとも　空の上から
ウクライナを眺め、
きみを見つめることになるのだろうか。
ときとして
涙も枯れはててしまい、
死を思うこともあるだろう。
けれど、おまえ、ウクライナも、
切り立つ崖を縫って流れるドニエプルも
そして希望も、兄弟よ、
わたしが神に死を願うことを
許してはくれないのだ。

А. О. Козачковському

一八四七年六月末〜十二月　オルスク要塞

わが家を持つひとは　幸いである、
その家に　姉妹か
やさしい母のいるひとは。
そのような幸せに　生まれてこのかた
一度もわたしは　出会わなかった。
それでもなんとか　生きてきた。

あるとき　はるかな異国の地にあって、
肉親も　わが家という避難所も
持たない　この身を嘆く
めぐりあわせとなった。

幾日も航海をしたあとに、わたしたちは

ダリヤ*に入り、錨を下ろした。
村から手紙が届いて
仲間は皆、黙って読み始めた。
わたしとひとりの友だけは、横になり、
とりとめのないことを語りあっていた。
わたしはこころに思い描いてみた、
この世に母があり、手紙を受け取ることの幸せを。
「きみに　家族は?」
「妻も子も、わが家もあるし、
母も妹もいるよ!
でも手紙は来ない……」

«Добро, у кого є господа...»

一八四八年九月末〜十二月　コス・アラル

人頭税の取り立てでもするように
異郷にいるこのわたしを
憂いと秋とがとらえて離しません。
神さま、わたしはどこに身を隠したらよいのでしょう。
なにをしたらよいのでしょう。このアラルの岸辺を
さ迷い歩いてすでに久しく、文字を書き、
禁を犯して、こっそりと詩さえ書き綴っているのです。
神さまはご存じです、
悲しみが　孤独なこころのなかに
兵士のように押し入ってこないよう、
昔起ったことどもを　思い出しては

＊ダリヤ＝天山山脈に発しフェルナガ盆地を経てアラル海に注ぐ中央アジアの大河。河口近くにあるコス・アラル島には漁業従事者の越冬基地があり、シェフチェンコがアラル海を探検したときに滞在した。

書き留めていることを。でも残忍な盗人は頑としてこう後《あと》に引こうとはしません。

«Мов за подушне, оступили...»

一八四八年九月末～十二月　コス・アラル

H・Z*に

囚われの身で自由を思うほど
辛いことがあるだろうか。
それなのに、自由よ、わたしには
おまえが思い出されてならない。
おまえがこれほど　若さと美しさにあふれた
輝くばかりの姿で、わたしのまえに
たち現れたことは　一度もなかった。
異郷で、しかも自由を奪われた身の
今ほどには。おお、運命《さだめ》よ！　運命よ！
褒めたたえられるべきわが自由よ！
ドニエプルのかなたから、せめてわたしに目を向けて、

＊H・Z＝ハンナ・ザクレフスカ（一八二二－五七）。ウクライナの地主プラトン・ザクレフスキィの妻。

微笑みかけてほしい……
そして、あなた、わたしのただひとりのあなたが、
海の向う、
霧のかなたから姿を現す。
しとやかなばら色の星よ！
かけがえのないあなたは
わたしの若き日日《ひび》を
その身にたずさえてやってくる。
わたしの目のまえに
ひろびろとした　いくつもの村が、
桜の庭や陽気な人びとともに、
海を覆いつくさんばかりに
浮かびがってくる。
その昔、兄弟を迎えるように、
わたしを歓迎してくれた
あの村、あの人びとの姿が。

そして、老いたる母よ！＊
いまも、あなたのところには
にぎやかな客たちが
相集《あいつど》い、
だれに気がねすることもなく、
昔と同じように、夜を徹して
楽しい時を過ごしているのだろうか。
おまえたち、うら若い
陽気な黒髪の乙女たちよ、
いまも　おまえたちは母のところで
ダンスをしているのだろうか？
そして、わたしの愛しいひと、
黒い眉のあなたは

＊老いたる母＝ウクライナの女地主テチヤーナ・ヴォルホフスカ（一七六三－一八五三）。シェフチェンコは一八四三年にウクライナを訪問したとき、モイシフカ村の彼女の邸で催された夜会でハンナと知り合った。

いまも　人びとのあいだを
静かに　気品に満ちた姿で歩いているのだろうか。
その瞳、
吸いこまれるような　青い瞳で、
いまなお　人びとのこころを
魅了しているのだろうか。
人びとはいまも、あなたのしなやかな腰に
わけもなく　見惚《みと》れているのだろうか？
わたしのただひとつの慰め、
なにものにも代えがたい歓びよ！
いとしいあなたを
乙女らがとりかこみ、
彼女たちの愛すべきやりかたで
囀《さえず》りはじめるとき、
ふとしたはずみに、わたしのことを
だれかが思い出すこともあるだろうか、

だれかが　わたしのことを
悪しざまに言うこともあるだろうか。
いとしいひとよ、
だれにも気づかれず
ひっそりと微笑んでほしい。
それ以上のなにも望まない。
わたしの運命《うんめい》の人よ、囚われの身のわたしは
神に祈りを捧げるだろう。

Γ.3.

一八四八年九月末〜十二月　コス・アラル

もし　わたしたちがふたたび巡りあうことがあったら、
あなたは驚くだろうか、それとも驚かないだろうか？
そのとき　あなたはどんなひそやかなことばで
わたしに話しかけてくれるのだろう？
ひとこともなく、わたしに気づきもしないだろう。
だが、ひょっとしたら、あとで思い出して
こう言うかもしれない。「愚か者が馬鹿な夢を見たんだわ」と。
でも　わたしは喜びに満たされるだろう。
わたしの奇蹟のひと、黒い眉の運命の人よ！
もし　わたしが彼女を見かけたら、
朗らかで楽しかった青春の日の
過ぎ去った恐ろしい不幸を　思い出すだろう。
わたしは　とめどなく涙を流すだろう。
そして　祈るだろう、

かつて起った神聖な奇蹟は
実際に起こったことではなく、馬鹿げた夢であってほしいと、
涙がその夢を　あとかたもなく消し去ってくれるようにと。

«Якби зострілися ми знову...»

一八四八年九月末～十二月　コス・アラル

太陽を追いかけて　雲がひとつ流れ、
赤く染まった裳裾《もすそ》を　大きく広げる。
もうおやすみ、と声をかけ、
太陽を　青い海へと呼びよせる。
母がわが子にするように
ばら色の掛け布を　太陽に着せる。
なんと　こころなごむ眺めだろう。
ひととき、ほんのひとときでも
こころはやすらぎ、
神と語り合う心地がする。
だが霧が、まるで仇《かたき》のように
海とばら色の雲を
覆い隠してしまう。
灰色の霧の向こうには

暗闇がひろがり、
もの言わぬ暗闇が
おまえの魂を包みこむ。
どこに身を置けばよいのかわからず、
おまえはただ　夜明けを待ち望む。
幼子《おさなご》が母を待ちわびるように。

«За сонцем хмаронька пливе...»

一八四八年九月末～十二月　コス・アラル

重く垂れこめた雲、もの憂げに打ち寄せる波。
岸辺のあちらこちらで
葦草《あし》が　風もないのに
酔っぱらいのように　揺れている。
神さま！　わたしは　いつまで
この荒涼たる海辺の
鍵のない牢獄で
倦み疲れながら　暮らすことになるのでしょうか？
草原《ステップ》の黄ばんだ枯れ草は　なにも語らず、
ただ黙って、生きもののように　身を傾けるだけ。
ほんとうのことを教えたくないのだ。
だが、葦のほかに尋ねる人はいない。

«І небо невмите, і заспані хвилі...»

一八四八年九月末〜十二月　コス・アラル

わたしの詩、わたしのこころの想いよ、
おまえはわたしのすべて。
不幸なときもおまえだけは
わたしを見捨てないでおくれ。
灰青色の羽根をもつ
わたしの小鳩よ、
広きドニエプルの彼方から　翔びきたれ。
貧しいキルギス*の人びととともに、
草原《ステップ》をそぞろ歩こう。
キルギスの人は貧しく、
身なりも粗末だが、自由の民として暮らし、
今なお神に敬虔《けいけん》な祈りを捧げる。

*キルギス＝中央アジアに住むカザフ人その他のチュルク系民族は当時「キルギス」と呼ばれていた。

いとしいおまえよ、翔び来たれ。
わが子を迎えるように
やさしいことばでおまえを迎え、
ともに涙を流そう。

«Думи мої, думи мої...»

一八四八年九月末〜十二月　コス・アラル

　通りに風が吹き抜けて、
積もった雪を掃き寄せる。
生け垣の横を　よろめきつつ
ひとりの寡婦が歩いて行く。
鐘の下で
哀れな女は　手をさし伸べる。
二年前に　息子を
軍隊に送りこんだ、
あの金持ちたちに向かって。
息子に嫁を貰い、
安楽な老後を過ごそうと
夢見ていた。
だが　それもかなわなかった。
恵んでもらった一コペイカで

マリアさまのために　ろうそくを灯し、
息子を守り給えと　ただ祈るだけ。

«По улиці вітер віє…»

一八四八年九月末〜十二月　コス・アラル

緑の木立で　カッコウが
クックーと鳴き声をあげる。
わたしには　夫がいないと
若い乙女が　咽《むせ》び泣く。
若若しく　朗らかな
娘盛りの　歳月も
流れに運ばれる　花のように
この世に漂い　消えるだけ。
もし、わたしに父母がいて、
お金持ちだったなら、
わたしはだれかを好きになり、
だれかの嫁になったでしょう。
そんな人も　いなかった。
わたしはひとりぼっちで　死ぬでしょう。

嫁にもゆかず　孤独のまま、
どこかの生け垣の下で†。

«Заковала зозуленька...»

一八四八年九月末～十二月　コス・アラル

ビールや蜜酒はおろか、
水さえ飲むことができない、
砂漠を旅するチュマーク*には
災難がつきものだ。
頭がずきずき痛み出し、
腹がきりきり差しこんだ。
チュマークがひとり　倒れ伏す。
倒れ伏して　動かない。
かの栄光の町オデッサから
ペストが運ばれてきた。
仲間は病人を置き去りにした。
なんという悲劇。
荷馬車のわきには牛たちが
うつむいたまま　立ち尽くす。

＊チュマーク＝牛車で農産物をクリミアに運び、帰りに塩・魚などを持ち帰った運送業者兼商人。

草原《ステップ》から　ミヤマガラスが群れをなし、
チュマークの身体目がけて　翔んでくる。
――ミヤマガラスよ、
チュマークの亡骸を　ついばむな。
もし亡骸を口にしたら、
わたしのそばで　命絶えるだろう。
ミヤマガラスよ、わたしの灰青色のカラスたちよ、
わたしの父のもとに翔んで行き、
わたしの弔いをして
罪深いわたしのために
詩篇を詠んでくれるよう
頼んでおくれ。
そして、うら若い乙女には
わたしを待たないようにと伝えておくれ。

«Ой не п'ються пива-меди…»

一八四八年九月末～十二月　コス・アラル

日曜日
まだ　太陽《ひ》の昇らぬ早朝に
若い娘のわたしは
沈んだ気持ちで
通りに出た
かあさんに見つからぬよう
谷間の繁みの陰を行き、
わたしの　いとしい
チュマークの若者が
旅から帰るのを待ち受けた。
ほら、柳の向うに
チュマークの荷馬車の列。
いっしょに　あの人の牛たち、
赤毛の雄牛たちが近づいてくる。

口をもぐもぐさせながら　歩いてくる。
でも　いとしいチュマークの姿は
雄牛のそばに　見あたらない。
ああ、道の近くの草原に
牛の頸木《くび》で穴を掘り
敷物に包んで
高い塚の上の
深い穴に
わたしのイワンを葬ったんだわ。
慈愛にみちた神さま、わたしは
こんなに深く　彼を愛していましたのに。

«У неділеньку у святую...»

一八四八年九月〜十二月　コス・アラル

空にそびえるポプラの樹が
風で折れることはない。
だが、孤独な娘は
運命を　みずから傷つける。
運命よ、おまえなど
海で溺れ死んでしまえばいい。
今日まで　おまえは　わたしが
だれかと　愛し合うことを許さなかった！
娘たちは　どんなふうに恋に落ち
娘たちが　どんなふうにキスをして、
どんなふうに　抱きしめられ、
そのあとで　彼女たちになにが起こるのか、
わたしは今でも　知らないし、
これからも　知ることはないでしょう！　ああ、かあさん、娘のまま生きるのは　なんとおそろしいことでしょう。
だれとも　愛し合うことなく、
娘のままで　人生を終えるのは。

«Не тополю високую...»

一八四八年九月末〜十二月　コス・アラル

川沿いに広がる野、
そびえ立つ塚《モヒラ》、
夕べのあの時刻《とき》、
夢見たこと、語りあったこと、
わたしはけっして忘れない。

だがそれが何になろう。ふたりは結ばれず、
見知らぬ者のように別れ去った。
若き日の愛しい年月は
かたわらをかすめ去っただけ。
わずかな実りももたらさずに。

ふたりはともに色褪せ、しおれた。
わたしは自由を奪われ、きみは夫に先立たれて。

抜け殻の人生をとぼとぼと辿り、
過ぎし日日を思い出すだけだ。
その昔　ほんとうに生きていたころのことを。

«I широкую долину...»

一八四八年九月末〜十二月　コス・アラル

もしも、ネックレスがあったなら、
かあさん、あした町へ行くわ。
町ではね、かあさん、
三人組の楽隊が音楽を演奏してるのよ。
　娘たちは若い男と
　恋をささやくのよ。かあさん！　かあさん！
　　なんて不幸なわたしでしょう！

わたしは神さまにお祈りをすませ、
雇われ仕事に出かけて行くわ、
それから、靴を買うのよ、かあさん。
そして三人組の楽隊を雇うのよ。
どんなにうまく踊れるか、
みんなに見せてやるのよ、かあさん。

なんてわたしはついてないんでしょう！

一生涯　嫁にも行かず、
来る日も来る日も髪を編み、
家の中で　黒い眉をもてあます、
そんな孤独な人生を　送らせないで。
わたしがただあこがれているうちに
黒い眉は色褪せてしまう。
なんて不幸なわたしでしょう。

«Якби мені, мамо, намисто...»

一八四八年九月末〜十二月　コス・アラル

またもや郵便は　ウクライナから
わたしに　なにも送ってこなかった。
罪深い行いのために　わたしは
この砂漠で　怒れる神から
罰を受けているのだろうか。
なんの咎《とが》で罰を受けているのか知らない、
また知ろうとも思わない。
それでも　わがウクライナで、
かつて　この身に起こった不幸なできごと、
不幸な日日を思い出すと、
わたしのこころから
悲しみの涙が溢れ出る。
かつて　人びとはわたしと　兄弟の契りを結び、
姉妹と誓いあったのに、

ひと滴《しずく》の貴い涙をこぼすこともなく、
ちぎれ雲のように離れ離れになってしまった。
老いに向かおうとする今、
わたしはふたたび人のこころを知る身となった……
いや、そうではない、人びとはコレラのために
亡くなったに違いない。
それにしても、せめて一枚《ひとひら》の手紙なりと
送ってよこせばいいものを。

苦痛と悲哀から逃れ、
人が手紙を読むのを目にすまいと、
わたしはさまよい歩く。
海辺を歩きまわり、
自分の悲しみを紛らわせる。
ウクライナを思い出して
歌を歌い始める。

人は誓いを立て、そして裏切るけれど、
歌はわたしを勇気づけてくれる。
わたしを励まし、慰め、
わたしに真実を語ってくれる。

一八四八年九月末〜十二月　コス・アラル

«І знов мені не привезла...»

草原《ステップ》を旅するチュマークが†
秋になると　一つまた一つと里程標をあとにするように、
歳月が　一年また一年　わたしのかたわらを流れ去る。
わたしにはそれもどうでもいいことだ。
紙切れを綴じては、
こんな詩を書き始め、
愚かな自分を慰めている。
おまけにわが身を繋ぐ鎖まで鍛えている。
（もし、わたしの恩人たちがこのことを知ったら！）
だが、いかなる責め苦を受けようとも、
詩を綴らずには　瞬時《ひととき》たりとも安らかではいられない。
はや二年の歳月を綴り終えた。
好機《とき》に恵まれたら、三年目†を綴り始めよう。

«Неначе степом чумаки...»

一八四九年一月～四月　ライム＊

わたしが悲しみに打ちひしがれ、
他人を苛立たせてしまうのなら、
いっそ　だれも知らない遠くへ行ってしまおう。
なるようになる。
幸運に巡り会えたら、結婚しよう。
巡り会えなければ、身を投げて死のう。
だれにも自分を売らず、
だれにも雇われはすまい。
こう思って、あてもなく出かけたが、
幸運は姿を隠した。
良き人びとは自由の価値を量らず、
取引もしないで

＊ライム＝ダリヤ川沿岸に建設された砦。シェフチェンコがアラル海探検のときに滞在した。

遠い流刑地に投げ捨ててしまった。
こんな毒草は
われらの野に芽生えてくるなと。

«Як маю я журитися...»

一八四九年一月～四月　ライム

谷間の池で
灰色のガチョウたちが
大声でさわいでいた。
あの後家さんの噂が
村中に広まった。
あまり　名誉ではない
この噂が。
シーチ*から来たコサックが
後家さんの家を訪ねたとさ。
――二人は部屋で食事をし、
蜜酒を酌み交わしたとさ。
それから寝室のベッドの上で

*シーチ＝ドニエプル下流の中洲にあったザポロージェ・コサックの本拠地。

いっしょに眠ったとさ。
結構な噂は消えず、
ずっと人の口に残っていた。
復活祭のころ　後家さんは
男の子を産んだ。
幼子《おさなご》を育て上げ、
学校に入れた。

学校を終えると　後家さんは
息子に仔馬を買い与えた。
自分の手で小さな鞍を縫い、
自分の手で絹糸の刺繍をほどこした。
高価な赤い服を着せ、
仔馬の背中に坐らせた。
――敵どもよ、見るがいい！
よーく見るのだ！――

仔馬を村中曳《ひ》きまわした。
それから宿営地まで連れて行き、
息子を軍隊に入れた。
自分はキエフ巡礼の旅に出て、
修道女になった。

«Ой крикнули сірії гуси...»

一八四九年一月〜四月　ライム

かの国に通じる道は
棘《いばら》に覆いつくされた。
もしや　わたしはかの国を
永遠に捨て去ったのだろうか。
もしや　わたしは故郷に
永遠に戻ることはできないのだろうか。
もしや　わたしは自分のためだけに
こんな詩を書いているのだろうか。
神さま！
わたしには　生きることが辛くてたまりません。
広いこころを持っているのに
そのこころを　分かち合う人がいないのです。
あなたはわたしに　幸運を授けてはくださらなかった。
若さにふさわしい幸運を、

これまでに　一度も
お与えにはならなかった！
乙女のこころと結ばれる
若若しいこころを
お与えにはならなかった！
わたしの昼と夜は
青春の歓びもないまま
消え失せてしまった。
異国で　こうして消え去ってしまった。
分かち合うべきこころを
見出すことができず、
いまやわたしには　ことばを交わす相手さえいないのです！
神さま、わたしは辛いのです。
これらの想いを
ただひとり　懐《いだ》き続けるのは。
聖なることばを　だれとも分かち合わず、

だれにも　語りかけないのは。
そして　貧しい人を喜ばせることもなく、
よこしまな人を罰することもないのは。
そして死んでゆくのは！
ああ、神さま！
せめてひと目なりとも
かの打ちひしがれし人びとを、
かのウクライナを見させ給え！

«Заросли шляхи тернами...»

一八四九年一月〜四月　ライム

復活祭の日曜日

こどもたちが　日向《ひなた》のわらの上で
イースターエッグで遊んでいた。
やがて　新しいものの自慢話が始まった。
ひとりの男の子は　祭りのための
刺繍をした新しいシャツを、
ひとりの女の子は　レースの飾りを
もうひとりの女の子は　リボンを買ってもらった。
別の男の子は　仔羊の皮の帽子を
また別の男の子は　馬革のブーツを
そしてある男の子は　上着を買ってもらった。
ただひとり　みなし児の女の子だけは
小さな手を袖の中に隠して
坐っていた。

――おかあさんがわたしに買ってくれたの。
――おとうさんにつくってもらったの。
――わたしは名付け親のおかあさんに刺繍してもらったの。
――わたしは司祭さんに
　お昼をごちそうになったの、と
みなし児の女の子は言った。

«На великдень, на соломі...»

一八四九年一月～四月　ライム

仕事のときも　休むときも
神に祈りを捧げているときも、
考えるのは　あのひとのことばかり。
そして　なにかを怖れていた。
若いわたしは　馬鹿だった。
結婚の申し込みを
ひたすら　待ちわびていた——
あのひとが愚かなわたしを
からかっているとは　思いもよらず。
わたしのこころは　傷ついた。
こころのどこかで　わかっていたのに、
真実を　言えなかったのかもしれない。
こころが　それを伝えていたら、
わたしは恋をしなかっただろう。

木立の中の泉にも
通うことはなかっただろう。
だけど　わたしは朝な夕な、
出かけて行っては　歩き回り、
挙句の果てに　こうなった……
一生　嫁にも行かず、
かあさんとともに家で暮らし、
老いてゆくのは辛いこと。
自分の家を持つ望みも　なくなった！
それなのに　まだ　今でも
仕事の時も　休むときも
いつも　あのひとのことを考える。
どうして　考えるのか、
自分でも　わからない。
どうして　木立に通ったのでしょう。
なんのために　こんなにも長く、

こんなにも辛い恋をしたのでしょう！

«Було, роблю що, чи гуляю...»

一八四九年一月～四月　ライム

輝かしくもいとおしい　わたしの若き日の幸運を
失《な》くしたことを残念には思わない。
それは、あなたにもわかっているだろうけれど。
だが、ときとして　こころが悲しみに覆われて、
声をあげて泣きだしたくなる。
とくに　村で幼い少年を見かけた時などは。
枝から引き裂かれた小枝のように
生け垣の根元に　ひとりぼっちで
古い粗布《あらぬの》を身にまとって坐っている。
これはわたし、
わたし自身の少年の日の姿だ。
わたしにはわかっている、
少年が　なにものにも代えがたい自由を
けっして手にはしないことを。

少年の輝かしい年月は
実りなく、むなしく過ぎ去ることを。
この広い自由な世界の
どこに隠れ家を見つけたらよいのか、
少年にはわからないことを。
そして　だれかに雇われて、いつのまにか
泣きもせず、不満も言わなくなることを。
少年はどこかに居場所を見つけて、
やがて軍隊に送られることを。

«І золотої й дорогої...»

一八四九年一月～四月　ライム

わたしたちはともに育ち、
幼いながら
たがいに愛し合っていた。
かあさんたちは　ふたりを見て、
ゆくゆくは結婚させようと話していた。
でも、願いは実現しなかった。
かあさんたちは早死にし、
幼いふたりは　引き離された。
そして再び会うことはなかった。
自由の身のときも囚われの身のときも、
わたしは　あちらこちらに連れ回された。
老境に近づいて、やっとふるさとに帰された。
かつて陽気だった村は、
なぜか今、老いたわたしには陰気で
暗く、押し黙っているように見える、

老いたわたしと同じように。
貧しい村では、なにも育たず、
なにも朽ち果てたりせず、
昔とまったく変わらないように見える。
谷も　野も　ポプラの樹も
泉のほとりの柳の樹も。
遠い異国で孤独な囚われ人であった
あの悲しみのように、首《こうべ》を垂れている。
池と堰《せき》、そして風車が
林の向こうで翼を振っている。
緑の樫の樹は、コサックのように
林から抜け出して、丘を歩き回る。
丘のふもとに　樹の生い茂る庭があり、
緑陰には両親が
天国に安らうごとく、眠っている。
墓碑銘は雨に打たれて消えかけている……

雨が文字を消すだけではない、サトゥルヌス*が
すべてをきれいに拭い去るのだ。
父母を　聖人たちとともに
安らかに眠らせ給え……
――あのオクサーナは元気かい？
わたしは静かに弟に訊く。
――どのオクサーナ？
――ほら、あの縮れ毛の、小さなオクサーナ。
いつも一緒に遊んでいた。
弟よ、どうして悲しそうな顔をしているの？
――悲しんでなんかいないよ。
あのオクサーナは行ってしまったよ。
兵隊たちを追って行き、行方がわからなくなった。
一年過ぎて帰ってきた。
それだけさ。髪を短く切られ、
父《てて》なし子の赤ん坊を連れて帰ってきた。

夜中に　生け垣の下にうずくまり、
カッコウのように　甲高い声で泣いたり、
か細い声で歌ったりしていた。
お下げ髪をほどくようなしぐさをしながら。
それから　また　どこかに行ってしまった。
どこに行ったか、どこで身を滅ぼしたか、
それとも　こころを病んだのか、誰も知らない。
どんな娘だったかって、
それはそれは　美しい娘だったさ。
だけど神は幸運を与えなかった……
ひょっとしたら、神は幸運を与えたのに、だれかが横取りして、
聖なる神を欺いたのかもしれない。
«Ми вкупочці колись росли...»
一八四九年一月～四月　ライム
＊サトゥルヌス＝ローマ神話の農耕の神。

しなやかな身体と

若若しく　非の打ちどころのない美しさが
老いたわたしの目を　楽しませてくれる。
見惚れているうちに、驚くなかれ、時として
聖像に祈りを捧げるごとく、
きみの前で　祈りを捧げたくなる。
やがて　老人のわたしには、
きみの神神《こうごう》しいまでの美しさが　痛ましくなる。
その美しさを身にまとって　きみはどこに行くのか？
だれが　きみに寄り添い、
きみの聖なる伴侶となってくれるのか？
だれが　護ってくれるのか？　災いが起きたとき、
だれが　人びとの悪意から　きみを庇《かば》ってくれるのか？
だれが　けがれないこころを　愛の灯で温めてくれるのか？

そんなひとがいるだろうか？
きみは身寄りのないみなし児。義《ただ》しき神のほかに、
きみには　だれもいない。
いとしい娘よ、祈りなさい。
わたしも　ともに祈ろう。が、なにか予言めいたものが
すでに　わたしの目には見えている。
わたしはもう　神に祈るのはやめよう。
おまえに見惚れるのはやめよう。
わたしは夢を見た。おまえは母になっていた。
おまえの子はビロードの服も着ず、
立派なお屋敷にも住まず、ひもじい思いをしている。
おまえの美しさは色褪せた。月日は飛ぶように過ぎ、
良きことすべてを運び去る。
もはや希望も失せ果てた。
おまえはこの世にただひとり、
ひとりぼっちで残された。

おまえの　ただひとつの宝物である子ども、
それも成長するまでのこと、
羽根が生えそろうまでのこと。こうして
老いて力のないおまえは　取り残された。
他人の不幸を喜ぶ輩に
老いの手を差し伸べて
キリストの御名《みな》において
憐れみ給えと乞い願っている、
閂《かんぬき》で固く閉ざされた扉のそばで。
　こんふうに、娘よ、
わたしは　若いきみを見て
老いの目を楽しませている。
おまえのしなやかな姿に見惚れては、
おまえのために静かに
神に祈りを捧げている。
おまえも祈りなさい。

娘よ、天からはまだ、おまえに
幸運も不運も遣わされていないのだから。

《І станом гнучим і красою ...》

一八五〇年一月～四月　オレンブルク

ある人に

そのむかし　ヨルダン*のほとりに
きみのような百合*が花咲いた。
人間の姿を与えられて
地上に聖なる言葉を伝えた。
ドニエストル*に咲く花よ、きみも、もしや……
否、否！　神よ、隠し給え！　きみは十字架にかけられるだろう
鎖につながれ、シベリアに送られるだろう。
そして、無防備なわたしの花よ……
これ以上　きみのことを口にするのはやめよう……
　光あふれる楽園を
神よ、彼女に与え給え。
彼女にはこの世の幸運だけを与え給え。
そのほかには　なにものも与え給うな。

そして　春に天上の
あなたの楽園に連れ去り給うな。
あなたの美しき乙女には　こころゆくまで
この世のすばらしさを味わわせ給え。

N.N. («Така, як ти, колись лілея...»

一八五九年四月十九日　サンクト・ペテルブルク

＊ヨルダン＝パレスチナ地方の内陸河川。レバノンの山中に発しティベリアス湖を経て死海に注ぐ。
＊百合＝イエス・キリストの母マリアを指す。一八五〇年代末にロシアで反専制運動に身を投じた若い女性とマリアを重ね合わせている。
＊ドニエストル＝ウクライナ西部およびモルドヴァを流れオデッサ近くで黒海に注ぐ川。

妹*に

　ドニエプルのほとりの
貧しい村を通りすぎながら、わたしは考えた。
どこにこの身を隠せばいいのだろう？
地上のどこに　わたしの居場所はあるのだろう？
それから、わたしは夢を見た。目を凝らすと、
花に埋めつくされた庭の
小高い場所に　小さな家が一軒、
まるで　少女のように建っている。
ドニエプルは滔滔《とうとう》と流れる。
父なるドニエプルは輝き、煌《きら》めく。
鬱蒼とした庭の木立に目を遣れば、
桜の樹陰《こかげ》のうす暗がりに

わたしのただひとりの妹が佇んでいる！
数多《あまた》の苦難を受けし聖女よ！
いとしい妹が　楽園で憩いつつ、
広きドニエプルの向う岸から
わたしを見つめているようだ。
妹にはわたしの姿が、波のかなたから
姿を現す　小舟は波に呑まれて水中に消えた。
だが、小舟は　救いの小舟に見えるだろう……
——わたしの兄さん！　わたしの幸運よ！——
そこでわたしたちは夢から醒めた。
きみは奴隷のままだし、わたしは囚人だった！
わたしたちは幼いときから
刺《とげ》だらけの野を行くよう　定められていたのだ。
祈りなさい、妹よ！　生き続けよう。そうすれば、

＊妹＝ヤリーナ・ボイコ（一八一六－六五）。シェフチェンコの他の肉親と同じく当時まだ農奴身分であった。

神さまがわたしたちを巡り会わせてくださるだろう。

Сестрi

一八五九年七月二十日　サンクト・ペテルブルク

リケラに*

一八六〇年八月五日の記念に

わたしの愛するひと、わたしのいとしいひとよ。
世間は十字架がなければわたしたちを信じない。
司祭がいなければわたしたちを信用しない。
奴隷ども、こころを病んだ囚われ人ども!
かれらはぬかるみのなかの豚のように、
奴隷の境遇にあまんじている。
わたしの愛するひと、わたしのいとしいひとよ。
この世のだれにたいしても、十字を切ったり、
誓いを立てたり、祈りを捧げたりしないでほしい。
人は嘘をつく。ビザンチンの神でさえ、

*リケラ=リケラ・ポルスマーコヴァ(一八四〇—一九一七)。シェフチェンコが死の前年に知り合い結婚を望んだ女性。解説参照。

わたしたちを惑わすだろう。
だが、ほんとうの神は　わたしたちを欺かない。
わたしたちを罰したり、許したりしない。
わたしたちは神の奴隷ではない――わたしたちは人間だ！
わたしの愛するひとよ、微笑んでほしい。
そして、自由で穢《けが》れなき魂と、なにものにも束縛されない手を、
いとしいひとよ、わたしにあずけてほしい。そうすれば神も、
わたしたちがぬかるみを渡るのを助けてくださるだろう。
不幸を背負って進み、
このひどい不幸を　静かで明るい家の中に
隠すのを助けてくださるだろう。

Ликері

一八六〇年八月六日　ストレリナ

ニコライ・マカーロフへ*　九月十四日の思い出に

日日草《にちにち》が花咲き、みどりの葉を茂らせる。
地面を這い　蔓を伸ばした。
それなのに　夜明け前の朝霜が
小さな花園に　忍び寄る。

生命《いのち》にあふれた花たちを踏み荒らし、
ひとつ残らず　寒さで枯らしてしまった。
なんと哀れな　日日草《にちにち》よ、
朝霜もまた　哀れなことよ！

一八六〇年九月十四日　サンクト・ペテルブルク

«Барвинок цвів і зеленів...»

＊マカーロフ＝ウクライナの地主でリケラの元の主（一八二八－一九一七）。

L*に

家を建て、部屋を整えよう。
樹を植え、楽園のような小さな庭を造ろう。
神に与えられたこのささやかな一隅で、
休息をとり、散歩をしよう。
まったき孤独のうちに
この庭でしばし微睡《まどろ》もう。
子どもたちと幸せそうな母親の姿が
わたしの夢に現れる。
はるか昔の　一点の曇りもない
楽しい夢を見るだろう。そして、おまえが！
いや、わたしは眠るのはやめよう。
おまえが夢に現れて、
ささやかな憩いの園に　こっそりと忍びこみ、

災いをまき散らすだろうから。
わたしの孤独な楽園に火を点けるだろうから。

Л.

一八六〇年九月二十七日　サンクト・ペテルブルク

＊L＝リケラのこと。別れた後であえてイニシャルにしている。

わたしは神を責めはしない。
誰にも不平を言いはしない。
愚か者のわたしは自分を欺いて、
おまけに詩まで詠《よ》んでいる。
わたしの見捨てられた貧しい畑を耕し、
ことばの種子《たね》を蒔いている。いつの日か
豊かな実りをもたらしてくれるだろう。
こんなふうにわたしは自分自身を欺いている。
だが、他人《ひと》を欺いてはいない。

わたしの畑よ、
谷に野に犂《す》き起こされてあれ！
黒ぐろとした畑よ、
煌《きら》めく自由の種子を蒔かれてあれ！

犂き起こされて広がり、
野となって連なれ！
良き種子を蒔かれ、
幸運の水を注がれてあれ！
一デシャチーナ*の畑よ、
あたり一面に広がれ！
畑よ、ことばの種子ではなく、
理性の種子を蒔かれてあれ！
人びとはライ麦を刈りに出てくるだろう。
幸せな収穫の時だ！
貧しい畑よ、広がれ！
どこまでも連なれ！

わたしはまたも　自分を欺こうとしているのだろうか、

＊デシャチーナ＝ロシアの面積の単位。約一ヘクタール。

人を惑わすような素晴らしいことばで？
そうだ、わたしは欺いているのだ。
敵とともに　真実にしたがって生き、
いたずらに　神を責めるよりも
こうして　自分を欺くほうが　まだましだから。

«Не нарікаю я на бога...»　一八六〇年十月五日　サンクト・ペテルブルク

わたしの青春は過ぎ去り、
希望は冷たい風に
吹き飛ばされた。冬だ！
おまえは　冷えきった部屋にひとりで坐っているがいい。
しずかに　ことばを交わす人もなく、
相談する相手もない。独りきり、
まったくのひとりぼっちだ！
希望が愚か者を打ち砕き、嘲笑《あざわら》うまで
おまえはひとりで坐っているがいい。
凍てつく寒さで　眼に枷がはめられ、
高潔な想いが　ひとひらの雪のように
草原《ステップ》に吹き飛ばされてしまうまで！
ひとりで部屋の隅に坐っているがいい。
春など待たぬことだ――幸せな運命など待たぬことだ！

おまえの庭を　緑で飾ることもなく、
おまえの希望を　　らせることもないだろう。
おまえの自由な想いを解き放つこともないだろう。
坐っているがいい
そしてなにも、待ち望まぬことだ！

«Минули літа молодії...»

一八六〇年十月十八日　サンクト・ペテルブルク

わたしの貧しい道連れよ、*
わたしたちは、もう
役にもたたない詩を綴るのはやめて、
遠い旅に出かけるために
馬車の用意を始めるときではなかろうか。
友よ、あの世の神のもとへ
休らいに行こうではないか。
わたしたちは疲れ、老いぼれたが、
少しばかり賢くもなったようだ。
もう十分ではないか！　眠りに行こう、
休らいに行こう、あの家に……
楽しい家を　きみは見ることができるだろう！

＊道連れ＝詩神（ミューズ）を指す。解説参照。

いや、友よ、まだ早い――
行くのはまだ早すぎる。
そぞろ歩き、腰を下ろして、
もうすこし　この世を眺めてみよう。
わたしの運命《さだめ》よ、
ごらん、この世界がどんなに広く、
すばらしく、歓びに満ちているか、
どんなに澄みわたり、奥深いかを。
わたしの星よ、もう少し歩いてみよう。
山に登り、ひと息入れよう。やがて、
永遠に滅びることのない
おまえの姉妹星たちが
天空に昇り、瞬き始めるだろう。
わが妹よ、清らかな伴侶よ、
しばし待とう。
汚れなき唇で

神に祈りを捧げよう。
それからひっそりと
はるかな道に旅立とう。
底なしの泥の川、
冥府の忘却《レーテ》の川のほとりを。
友よ、わたしに
気高い栄誉を与えておくれ。

だが、あれこれ言うのはやめて
医術の神のところへ
捧げものを持っていこう。
彼なら　冥府の川の渡し守と
運命の女神を欺いてくれるだろうか。
そうしたら、賢い老人がうまく立ちまわっているあいだ、
横になって、史詩を綴ろう。
空の高みから大地を見下ろしながら、風に乗って翔び、

ひねもす六歩格の詩を詠んでは
屋根裏部屋へ運び、
ねずみの朝餉《げ》に供しよう。
それから、散文を歌ってみよう。
いいかげんにではなく、ちゃんと楽譜どおりに……
友よ、わたしのかけがえのない道連れよ！
火が消えてしまわないうちに
医術の神様のところに出かけたほうがいいだろう。
　底なしの泥の川、
　冥府の川を渡り、
神聖なる栄誉、
若若しく不滅の栄誉を
携えてゆこう。
もし、栄誉を得られなければ
それもよし――
力の続くかぎり、

冥府のフレゲトンや
スティクス*のほとりを
広きドニエプルの岸辺に見立てて、
永遠に枯れることのない木立のなかに
小さな家を建てよう。家のまわりに
樹を植えて　庭を造ろう。
きみが涼しい樹陰《こかげ》にやってくる。
わたしはきみを女王のように坐らせよう。
そしてドニエプルとウクライナを、
木立に囲まれた陽気な村を、
草原《ステップ》にある山のような塚《モヒラ》を思いだして、
こころ楽しく歌いはじめよう……

«Чи не покинуть нам, небого...»

一八六一年二月十五日　サンクト・ペテルブルク

*フレトゲン、スティクス＝ともに冥界を流れているとされる川。

第二部　歴史・思索

ハイダマキ*（抄）

すべては流れ、すべては消え去る――そのかぎりないくりかえし。
どこから生まれ、どこに去るのか。
愚者はもちろん、賢者にもわからない。生きて、死ぬ――あるものは花開き、
あるものは萎《しお》れる。花開かずに萎れて、
黄ばんだ葉が風に吹き散らされる。
だが、太陽は原初と変わらぬ姿で天空に昇るだろう。
つづいて、赤い星たちが昔と同じように空を巡るだろう。
やがて、白く冴えた面立ちのきみが
蒼穹《そうきゅう》を散策しにやってくるだろう……
水路や泉や果てしない大海原を眺めるために
姿を現し、輝きわたることだろう。

＊ハイダマキ＝ポーランド貴族とカトリック教会に対するコサックと農民の反乱の参加者。解説参照。

かつてバビロン*の庭を照らしたように、
わたしの息子たちの庭を照らすだろう。
月よ、きみは永遠に滅びることがない！

Гайдамаки (1–15)

一八三九〜四一年　サンクト・ペテルブルク

暴かれた墳墓《モヒラ》†

静けさにみちた世界　愛するふるさと
わたしのウクライナよ。
母よ、あなたはなぜ
破壊され、滅びゆくのか。
朝まだき　太陽の昇らぬうちに
神に祈りを捧げなかったのか。
思慮分別のない子どもたちに
きまりごとを教えなかったのか？
「祈りました。こころを砕いてきました。
昼も夜も眠らず、
幼子たちを見守り、

＊バビロン＝イラク中部にあったメソポタミアの古代都市。前十八世紀からヘレニズム時代に至るまでオリエント文明の中心地。

きまりごとを教えました。
わたしの花、わたしの良い子たちは
立派に成長しました。
一度《ひとたび》はわたしも
この広い世界に君臨したのです……
それなのに、ああ、ボフダン*よ！
愚かな息子よ！
さあ　おまえの母を、
おまえのウクライナを　見るがいい。
ゆりかごを揺らしながら
おのれの不幸な運命を歌っていた母を、
歌いながら、こみあげる嗚咽《おえつ》を抑え得ず、
自由を得る日を待ち焦がれていた母を。
ああ、わたしのボフダンよ！
こうなることがわかっていたら、
赤子のうちに　おまえの呼吸を止めてしまったのに。

添い寝の胸で　おまえの息の根を止めてやったのに。
わたしの草原《ステップ》は
ユダヤ人やドイツ人に　売られてしまい、
わたしの息子たちは　他人の土地で
他人のために働いている。
わたしの弟、ドニエプルの水は涸れて
わたしを見棄てている。
そのうえに　わたしのかけがえのない墳墓《モヒラ》まで
ロシア人が掘りかえしている。
掘り起こすがよい
他人のものを探すがよい。
そうしているあいだに
無節操な者どもは成人して、
ロシア人が　わがもの顔にふるまい、

＊ボフダン－ボフダン・フメリニツキィ（一五九五－一六五七）。ウクライナ・コサックの指導者。

つぎはぎだらけのシャツを
母から剝ぎとるのを
助けるがよい。
人のこころを失くした者たちは
母を責め苛むことに手を貸すがよい。

墳墓は　縦横無尽に
掘りかえされた。
連中はそこで　なにを見つけ出そうとしているのだろう。
われわれの先祖の古老たちは
そこになにを隠したのだろう。ああ、もしも、
もしも、そこに隠されているものを見つけだせたら、
子どもたちが泣くこともなく　母がこころを痛めることもなかっただろうに。
Розрита могила
一八四三年十月九日　ベレザニ

チヒリンよ、チヒリンよ、*
この世のものはすべて滅びる。
おまえの聖なる栄光さえ
一片の塵のように
冷たい風にのって飛び去り、
雲のかなたに消え失せる。
地上では歳月が流れ、
ドニエプルの水は涸れて干上がる。
墳墓《モヒラ》は破壊され　崩れ落ちている。
高き墳墓こそ　おまえの栄光のしるしなのに。
無力な老人よ、おまえのことは、もはや
だれひとり　ひとことも語ろうとはせず、
どこにおまえがあったのか、

*チヒリン＝ボフダン・フメリニツキィの居城があったキエフ南東の町。解説参照。

なんのためにあったのか、
だれも示そうとはしないだろう。
笑い話の種にすることさえないのだ！

いったいなんのためにわたしたちはポーランド人と戦った†のか。
なんのために　タタールの軍団と斬りあったのか。
なんのために　ロシア兵の肋骨を
槍で犂きかえすようなことをしたのか。
　血で潤《うるお》し、
サーベルで均《なら》した。
畑には何が生えてきただろう。
芽生えたのは毒草だ。
わたしたちの自由を害《そこな》う毒草だった。
だが愚か者のこのわたしは、おまえの廃墟に佇んで
いたずらに涙を流すだけ。ウクライナは死んだように横たわり、

雑草が生い茂り　カビに覆い尽くされた。
ぬかるみや泥沼の中で　人びとのこころを腐らせ、
朽木の洞《うろ》には　冷酷な毒蛇を放った。
そして子どもたちの希望を　草原《ステップ》に投げ捨てさせた。
　その希望を
　風が広野に吹き散らし、
　波が大海原に　ゆくえさだめず運び去った。
風よ　すべてを運び去るがよい、
はてしなく大きな翼に載せて。
こころよ　泣くがよい、
地上に聖なる真実を探しもとめるがよい。

チヒリンよ、チヒリンよ、
わたしのかけがえのない友よ。
眠っているあいだに　おまえは　草原《ステップ》も森も
ウクライナのすべてを　失《な》くしてしまった。

眠りつづけよ、ユダヤ人にかこまれて、
太陽が昇るまで、
あの幼稚なヘトマンたちが
まことの知恵を得るときまで。
神に祈りを捧げて　わたしも眠ってしまいたい。
だが、呪われた想《おも》いが
魂に火を点《つ》け、
こころを　ずたずたに引き裂こうとする。
引き裂くな、想いよ、焼きつくすな。
わたしの不運な真実と
わたしのこころのこもったことばを
ふたたびとりもどすことができるかもしれない。
古い犂につけるあたらしい刃《やいば》を
そのことばから
鍛えあげることができるかもしれない。
荒れはてた土地に犂を入れ、

草ぼうぼうの休耕地を耕して、
その土地に
わたしは涙の種を蒔くかもしれない。
嘘いつわりのない涙の種を。
この種から両刃《もろば》の剣《つるぎ》が
芽生え育つかもしれない。
その剣が　脆弱で放恣なこころ、
不幸のみなもとであるこころを切り裂いて、
たまった膿《うみ》を流しだし、
われらがコサックの　生命《いのち》にあふれた
清らかで気高い血を
注ぎこむかもしれない。

ひょっとしたら……何本もの剣のあいだから
薫り高い薬草や　日日草《にちにち》が
芽吹くかもしれない。

それにまた　忘れられていたことば、
ひそやかで悲しみに満ちた、
神を畏《おそ》れるわたしのことばも
人びとの記憶に　よみがえるかもしれない。
そして　乙女の内気なこころが
はげしく動悸を打ち始めて、
わたしのことを　思いだすかもしれない。
わたしのことば、わたしの涙を。
おお、わたしの愛しい乙女よ！

　チヒリンよ、眠れ、
子どもたちを　敵のもとで滅びさせよ。
ヘトマンよ、眠りつづけよ、
この世に真実が　ふたたびたち現れる日まで。

«Чигрине, Чигрине...»

一八四四年二月十九日　モスクワ

夢（抄）

すべての者に　その人の運命《さだめ》があり、
その人の広い道がある。
ある者は築き、ある者は破壊する。
ある者は貪欲な眼《まなこ》で
世界の果てまで†　睨《にら》んでいる。
奪い取って自分のものにし、
棺桶の中まで持って行けるような
そんな土地がどこかにないものかと。
ある者は　仲人の家に押しかけて
カードで身ぐるみ剝がしてしまう。
ある者は　部屋の片隅でこっそりと
兄弟を殺《あや》める刃を研いでいる。
また　物静かで真面目な

神を敬う人間が
雌猫のように忍び寄り、
不幸な時が訪れるのを
待ち構えて、おまえの肝臓に
爪を突き立てる。
哀願などするな。女房が頼んでも
子どもが泣いても　無駄なこと。
そうかと思うと　太っ腹で豪奢なことが好きな輩は
年中　寺院を建造[†]している。
その輩は　祖国を深く愛し、
祖国についてこころを痛めるあまり、
祖国から　水のように
血を流させている。
同胞は目を大きく見開いて、
仔羊のように押し黙っている。
もし喋らせたら、

なるべくしてなった、と言うだろう。
なるべくしてなった！
天には神はいないのだから！
きみたちは　軛《くびき》につながれながら
それでもあの世に
楽園のようなものを求めているのか？
そんなものはありはしない！
求めても無駄だ。目を覚ませ。
この世に生きるものは――
皇帝《ツァーリ》も乞食も――
アダムの子孫なのだ

※

わたしの魂よ
なぜ、おまえは悲しむのか？

わたしの貧しい魂よ
なぜ、意味もなく涙を流すのか？
なにを嘆いているのか？　おまえには見えないのか、
おまえには　人びとの泣き声が聞こえないのか？
目を見開いて　しっかり見るがいい。だが　わたしは
空高く　青い雲の彼方に舞い上がろう。
そこには支配者もいないし、刑罰もない。
人びとの嘲《あざけ》りの声もなく、泣き声も聞こえない。
ほら、ごらん、おまえが捨てようとしているあの楽園では
手足の不自由な者から、皮膚もろとも
ぼろぼろの上着をはぎ取っている。
若旦那に履かせる靴をこしらえるために。
ほら、あそこでは、寡婦が人頭税を払えずに
磔《はりつけ》になっている。彼女の一人息子、
ただひとつの希望である息子は軍隊に送られる。
ほら、あそこをごらん。生け垣の下では

飢えて腹の膨れた子どもが死にかけているのに、
母親は　賦役《ふえき》の麦刈りをさせられている。

Сон (*Комедія* 1-40, 117-136)

一八四四年七月八日　サンクト・ペテルブルク

金持ちを羨《うらや》むな†。
金持ちは知らない、
やさしさも愛も。
かれらはすべてを金で雇い入れる。
力のある者を羨むな。
力のある者は押しつけるから。
名声ある者を羨むな。
名声を手に入れた者にはよくわかっている。
人びとが愛するのは彼ではなく、
苦い名声であることを。
その楽しみを手に入れるために
血の涙を流したことを。
若者たちに目をやれば、あい集い、
天国にいるかのように

静かな心地よいことばで語らっている――だが、見ると、
不幸が蠢《うごめ》き始めている。
誰をも羨むな、
おのれの周りを見よ。
地上のいずこにも楽園はない。
そして天上にもない。

«Не завидуй багатому...»

一八四五年十月四日　ミルホロド†

金持ち女と結婚するな、†
おまえは家から追い出されるだろう。
貧乏女と結婚するな、
おまえは夜も眠れないだろう。
なにものにも束縛されない自由、
コサックの運命と結婚せよ。
なるようになる。
着るものがなければそれもよし。
だれをも煩わさず、
だれにも重荷を負わせない。
なにが辛いのか、どこが痛むのかと、
だれも尋ねはしない。
ふたりなら涙も軽くなる、と人は言うけれど、
自分をごまかしてはいけない。

だれにも見られずに泣く方が、
はるかに気楽だ。

«Не женися на багатій...»

一八四五年十月四日　ミルホロド

囚人 叙事詩†（抄）

ある者はいくつもの海を航海し、
世界中を巡る。
幸運を探し求めて——
どんなに求めても、幸運は得られない。
幸運は死に絶えたかと思われた。
また、ある者はあらん限りの力をふりしぼり、
やっと幸運をつかみ取った——
まさにその瞬間、墓穴に投げ込まれた。
また、別のみなし児は、
家もなく、畑もなく、
持ちものといえば　ひとつのザックだけ。

そのザックをかついで、幸運を探しまわった、
まるで子どものように。
運命に吠え、運命を呪った。
わずかな小麦を得るために　ザックを質にも入れた。
だが、投げ捨てたわけではない。
つぎはぎだらけの上着の裾にくっつく
毬《いが》のある実のように
他人の畑で
落ち穂を拾い集める。
だが、ここには穀物の束、またあそこには穀物の山。
そして、むこうの御殿の中には
不幸な人間が坐っている。
自分の家にいるようにくつろいで。
運命とはそういうものなのだ。
探し求めることはない。
幸運は、与えたい人を自分で見つけ出す。

ゆりかごの中にいるときに　見つけ出している。

Невольник (Поема) (41–68)

一八四五年十月十六日　マリヤンスケ†

死者と生者とまだ生まれざる同郷人たちへ†（抄）

夜が明け、日が暮れる
神の造り給うた一日が過ぎ、
人びとは疲れ切って
ふたたび眠りにつく。
ひとりわたしだけが　神に罰せられた者のように
大勢の人が行き交う四つ角で
夜も昼も泣いている。
だが、だれも目をとめない。
目をとめないどころか、知りもしない。
つんぼになって　なにも聞こえない。
真実を売って、
鎖と交換してしまったのだ。
そのうえ、神を侮辱している。

人びとは重い軛につながれて
災いを耕し、
災いの種を蒔く。
そこに　なにが芽吹くだろう。
どんな収穫が得られるだろう。
狂った人びとよ、正気を取り戻せ。
こころ弱き者どもよ！
静かな楽園を
われらの郷土《くに》を見つめよ。
真摯《しんし》なこころで
偉大なる廃墟を愛せ。
おのれを鎖から解き放ち、兄弟の絆を深めよ。
他人の土地に
探し求めるのをやめよ。
他人の畑にないばかりか、
天上にも存在しないものを

求めるのはやめよ。
おのれの家にこそ、おのれの真実と
おのれの力、おのれの自由がある。

І мертим, і живим, і ненарожденним землякам моїм в Украйні і не в Украйні моє дружнєе посланіє (1-32)

一八四五年十二月十四日　ヴィユーニシチェ

ダビデの詩篇†（抄）

祝福された人は
邪《よこしま》な謀《はかりごと》にも組せず、
悪の道にも足を踏み入れず、
残忍な者の座を占めることもない。
その人のこころと意思は
神の定める法に学ぶ。
その人は水辺の
よく耕された畑に植えられた樹。
緑の葉を茂らせ、
豊かな果実に覆われて立つであろう。
こうしてその人はおのれの中に
良き実をみのらせる。
それにたいして　悪しき不誠実な人間の

辿った跡は
地に舞う紙屑のごとく
風に吹き散らされる
悪しき者が墓場から
正義とともに甦ることはない。
良き人の行いは新たな命を得、
悪しき者の行いは滅びるであろう。

※

神さま、もしや、あなたは
永遠にわたしをお忘れになったのでしょうか。
あなたは顔を背け、
わたしを見捨てられたのでしょうか。
いつまでわが魂を苦しめ、
こころに痛みを与えられるのでしょう。

獰猛な敵がわたしを見て
嘲り笑うでしょう。
わたしをお救いください！
わが魂をお救いください！
「奴を打ちのめしてやった」と
奸智《かんち》にたけた敵に言わせないでください。
邪悪な者たちすべてがわたしを嘲り笑うことのないよう、
わたしが　悪人どもの手の中に堕ちることのないよう、
わたしをお護《まも》りください。
耐え難い苦悩からわたしをお救いください。
お救いください。わたしは祈ります。
そしてふたたび、こころのこもった清らかなことばで
あなたを讃える頌歌《しょうか》を
静かに歌いはじめるでしょう。

一八四五年一二月二二日（十九日）　ヴィユーニシチェ

Давидові псалми

日が過ぎ、夜が流れ†、
夏が終ろうとしている。黄ばんだ葉が、
かさかさと音を立てる。瞳は輝きを失い、
想いは深い眠りに堕ちた。こころもまどろんでいる。
あらゆるものが眠りこんだ。わたしにはわからない。
ほんとうにわたしは生きているのか、
それとも生き永らえて、あてもなく世の中をさすらっているだけなのか。
今ではもう、泣くことも笑うこともないのだから……
　運命《さだめ》よ、おまえはどこにあるのか。
　わたしにはいかなる運命もない。
　神よ、わたしに良き運命を惜しむのなら、
　せめて逆運なりとも与え給え！
　歩いているわたしを眠らせないでほしい。
　こころを麻痺させ、

世のなかで為すこともなく、
腐った丸太のように横たわらせないでほしい。
わたしに生気をあたえよ。こころを甦らせ、
人びとを愛させよ。
さもなくば、呪いのことばを吐かせて、
この世に火を点《つ》けさせよ！
鎖につながれ、
囚われの身で死んでゆくのは恐ろしい。
だが、もっとひどいのは――眠ること。
自由の身でありながら、眠ること。
永遠に眠りこんで
なにひとつ痕跡を残さずに
消えてしまうこと。
そうなれば、生きていても、死んでしまっても同じこと！
運命よ、おまえはどこにあるのか。
わたしにはいかなる運命もない！

神よ、わたしに良き運命を惜しむのなら、
せめて逆運なりとも与え給え！

«Минають дні, минають ночі...»

一八四五年十二月二十一日　ヴィユーニシチェ

三年

一日一日は　過ぎゆくさまもわからぬほど
ゆるやかに流れて行くのに、
歳月は、良きことのすべてをともなって、
矢のように飛び去る。
気高い想いを奪い取り、
わたしたちのこころを
冷たい石に叩きつけて打ち砕いては、
歌うのだ、アーメンと。
楽しきことは　すべて失われ、
未来永劫　戻ることはない。
盲《めしい》で足萎《な》えのわたしは
辻に投げ捨てられる。
三年という　つかのまの歳月は

実りなく過ぎ去った……。
その三年はわたしのつましい家に
数多《あまた》の災いをもたらした。
貧しくとも穏やかであった
わたしのこころを荒《すさ》ませ、
幸いという幸いを　すべて根絶やしにした。
災いに火を点《つ》け、
煤だらけの煙で
わたしの無垢の涙を乾かしてしまった。
モスクワへの旅*の道すがら
カトルーシャ*とともに流した、あの涙を。
トルコ人の虜になったコサックらとともに
祈りつつ流した　あの涙を。

*モスクワへの旅＝「カテリーナ」（一七頁）の主人公が自分を棄てたロシア人将校を追ってモスクワへ向かったことを指す。
*カトルーシャ＝カテリーナの愛称。

そしてまた、わたしの星、
わたしの幸せそのもののオクサーナを
日ごと洗ったあの涙を。
やがて　不幸な歳月が忍び寄り、
それらを　ことごとく
一瞬のうちに奪い去った。
父を、母を、
若若しく朗らかで
誠実なるわが伴侶を
墓場に送るのは、
同胞《きょうだい》よ、なんと無念なことだろう。
垢で汚れた幼い子どもらを
暖をとる薪《まき》さえないあばら家で
養い育てるのは難儀なこと。
だが、それよりもなによりも、
惚れて一緒になった女房が

たったの銅貨三枚で
他の男に身を売って
おまけにそいつと笑っている、
こんな目に遭《あ》う身の上ほど
痛ましい不幸はないだろう！
こころは瞬時にうち砕かれる！
そんな恐ろしい不幸が
わたしの身にも起きたのだ。
こころは人びとに夢中になり、
彼らにぞっこん惚れこんだ。
彼らもわたしを歓迎し、
引き立て、ほめそやした。
だが、歳月は気づかぬうちに流れゆき、
嘘偽りのないわたしの愛の涙は
いつのまにか涸れてきた。
涙が乾くにつれて少しずつ周りが見えてきた。

目を凝らして眺めて見ると――
口にするのも恐ろしい光景だった。
わたしがまわりに見たものは、
人間ではなく、何匹もの蛇だった……
こうしてわたしの涙、
若者らしい涙は乾ききった。
今では　傷つきこわれたこころを
毒をもって癒すほかない
泣きもせず、歌いもせず、
梟《フクロウ》のように悲しげな声をあげるだけ。
こういうわけだ。
わたしの想いを
声高に蔑むなり、
ひっそりと褒め讃えるなり、
好きなようにするがいい。
どちらにしても　わたしの若い歳月や

歓びにみちたことばが
ふたたび戻るわけではない。
そしてわたしのこころも
過ぎ去った昔に戻ることはないだろう。
どこに　この身の避難所を見つけたらいいのか、
だれと語らい、
だれを慰め、
だれの前で
わたしの想いを打ち明けたらいいのか、
わたしにはわからない。
わたしの想いよ、過ぎし三年の
苦難に満ちた　わたしの歳月よ。
悪意に満ちた　わたしの子どもたちよ、
おまえは　だれのもとに身を寄せようというのか。
だれのところにも行かず、
わが家に身を横たえて眠れ。

けれども　わたしは四度目の
新しい年を迎えに行こう。
往く年の古着をまとった
新しい年よ、ようこそ。
つぎはぎだらけの袋につめて
おまえはウクライナになにを運びこむのか。
「新しい法令という産着《うぶぎ》にくるまれた
安穏な生活」。
行くがいい、そして忘れずに
貧困に挨拶を送り給え。

Три літа

一八四五年十二月二十二日　ヴィユーニシチェ

遺言†

わたしが死んだら、
なつかしいウクライナの
ひろびろとした草原《ステップ》にいだかれた
高き塚《モヒラ》の上に　葬ってほしい。
果てしない野の連なりと
ドニエプル、切り立つ崖が
見渡せるように。
哮《たけ》り立つとどろきが聞こえるように。
ドニエプルの流れが
ウクライナから敵の血を
青い海へと流し去ったら、
そのときこそ、野も山も――
すべてを棄てよう。

神の御許《みもと》に翔けのぼり、
祈りをささげよう……だがそれまでは
わたしは神を知らない。
わたしを葬り、立ちあがってほしい。
鎖を断ち切り、
凶悪な敵の血潮で
われらの自由に洗礼を授けてほしい。
そして、素晴らしい家族、
自由で新しい家族に囲まれても、
わたしを忘れず　思い出してほしい、
こころのこもった静かなことばで。

Заповіт «Як умру, то поховайте...»

一八四五年十二月二十五日　ペレヤスラウ

牢獄にて

わが同囚たちに捧げる†

同志たちよ、思い出してほしい――
あのような災いが二度と起こらないように――
牢獄の格子窓越しに、きみたちとわたしが
苦い思いを噛みしめながら、外を眺めていたときのことを。
あのとき、きっとこう考えていたに違いない。
いつの日か、和やかにあい集い、語りあうことがあるだろうか、
この荒れすさんだ地上で、いつの日か
ふたたび相まみえる日がくるだろうかと。
いや、同志たち、ふるさとドニエプルの水を
ともに酌み交わす日は、けっしてこないだろう。
互いに別れ別れの道を歩み、草原《ステップ》に、森に、
おのれの不幸を運んで行こう。

わずかでも自由を信じよう。
やがて時が過ぎ、われわれは暮らし始めるだろう。
人びとのなかで、人びとと同じように。
だがその時期が来るまで
わが兄弟よ、たがいに愛し合ってほしい。
人びとを愛してほしい。
不幸なウクライナのために
神に祈りを捧げてほしい。

友たちよ、彼†のことは、忘れてほしい、
呪わないでほしい。
そして　耐え難い囚われの身にあるわたしのことを
ときには思い出してほしい。

В казематі – «Згадайте, братія моя...»

一八四九年十一月一日～一八五〇年四月二十三日　オレンブルク

わたしが　ウクライナに住むことが　できようとできまいと†
それはわたしには　どうでもいいこと。
だれかが　思い出してくれようが、
異国の雪のなかに　わたしの記憶を消し去ってしまおうが、
これもわたしには　どうでもいいこと。
奴隷として　他人のあいだで育ち、
身内の者に　悲しまれることもなく、
囚われの身のまま　泣きながら死んでゆこう。
わが身とともに　すべてを運び去ろう。
われらの栄誉あるウクライナに、
われらのものでありながら、われらのものでない土地に
わずかの痕跡さえとどめずに。
父が息子に　わたしの思い出を話して聞かせて、
「祈ってあげなさい、息子よ、その昔、この人は

ひどい責め苦を受けて死んだのだから」と
語らなくても。
この息子が　祈ろうと祈るまいと
わたしには　どうでもいいこと。
だが、わたしに　がまんできないことがある。
もしウクライナを　悪意にみちた者ども、
ずる賢い輩が眠りこませ、
身ぐるみ剝いでから、炎の中で目覚めさせるとしたら、
おお、それがどうして　わたしにとってどうでもいいことであろうか。

В казематі, 3 «Мені однаково, чи буду...»

一八四七年四月十七〜五月十九日　サンクト・ペテルブルク

草刈り人*

野を行けど、刈り草の束は見えず。
刈り草の束はなく、あるのは山ばかり。
大地は呻《うめ》き、海も呻く、
呻き、ざわめく。

草刈り人を真夜中に
出迎えるのは　コノハズク。
草刈り人は草を刈る、休みも取らず。
誰であろうと気にもとめない、
どんなに嘆願されたって。

＊草刈り人＝鎌を手にした死神の象徴。解説参照。

請い願うな、頼むな。
鎌を研ぐことさえしない。
町なかであろうと、郊外であろうと、
剃刀で剃るように、老人は刈り上げる、
与えられるものすべてを。

百姓も、酒場の主《あるじ》も、
孤児のコブザ弾きも。
楽器に合わせて歌いながら、老人は刈る。
刈ったものを山のように積み上げる。
皇帝《ツァーリ》さえも逃さない。

そしてわたしも逃さない、
異郷でわたしを破滅させる。
鉄格子の中で　死に至らしめ、
だれも十字架を立てる人はいない。

冥福を祈ってくれる人もいない。

В казематі, 11 Косар

一八四七年四月十七日～五月十九日　サンクト・ペテルブルク

ある人に

おお、わたしの想いよ！　邪悪なる名声よ！
おまえのために　遙かなる異国で
意味もなく罰を受け、地獄の苦しみを味わっている！
けれども後悔はしない。誠実で貞節な妻を愛するように、
わたしの不幸なウクライナを愛するように、おまえを愛しているから。
望むなら、どんなひどいことでもするがいい。
だが、わたしを棄てないでおくれ。地獄の底まで
おまえとともに、足を引きずって歩いて行こう。

おまえは　残忍なネロを、
サルダナパルスを、ヘロデ王を、カインを、
キリストを、ソクラテスを喜んで迎え入れた。†
なんと無意味なことか！　死刑執行人のカエサルも、

善良なギリシャ人も、おまえは同じように愛した。
彼らは対価を払ってくれたから。
だが、貧しいわたしは　なにを払えるだろう。
おまえは　なにと引きかえに、貧しい男に口づけするのか？
わたしの歌う歌とひきかえに？　民謡の歌い手さえ、
わたしのように、無駄に歌いはしないだろう。
からっぽのわたしの頭が　この奇蹟に
たびたびひき寄せられるのは　まったく
奇妙で憂鬱なことだ。まるで犬コロが
兄弟同士で喧嘩して、正気に戻らないように。
そのうえ、この奇蹟はだれにでも好まれるのだ。
酒場のふしだらな女にも、酔っぱらいにも！

NN.(«О думи мої！ О славо злая...»)

一八四七年六月末～十二月　オルスク要塞

ポーランド人に†

わたしたちがまだ　不羈《ふき》の民コサックで、
教会合同*のことなど　耳にもしなかったあのころ、
わたしたちの暮らしは、どれほど喜びに満ちていたことだろう。
自由なポーランド人と　友情をあたため、
果てしない草原《ステップ》を　誇りとしていた。
庭では少女たちが成長し、
百合のように花開いた。
母は　息子たちを誇らしく思っていた。
自由の身の息子たちを。
息子たちは　すくすくと成長し、
侘《わび》しい老いの年月を
楽しくしてくれた。
だが、やがて、キリストの御名をかかげて、

カトリックの司祭たちが押しかけてきて、
われらの静かな楽園に　火を放った。
おびただしい涙と血が流され、
みなし児たちは　キリストの御名において
虐殺され、磔《はりつけ》にされた……
コサックの首《こうべ》が垂れた、
踏みにじられた草のように。
ウクライナは泣いている。呻き声をあげて泣いている！
ひとつ、またひとつ、首が地に落ちる。
刑吏は猛り立ち、
司祭は狂ったように絶叫する、
テデウム*！　ハレルヤ！　と。

わが親しき友、ポーランド人よ！　こうして、

＊教会合同＝一五九六年のブレスト教会合同。解説参照。
＊テデウム＝「テデウム」で始まるカトリックの讃美歌。

強欲なカトリックの司祭と大地主たちが
わたしたちを争わせ、引き裂いたのだ。
こんなことがなければ、わたしたちは昔のまま暮していただろう。
コサックに手を差し伸べてくれ給え！
曇りないこころを向けてくれ給え！
そしてふたたびキリストの御名において、
われらの楽園を甦らせようではないか！

一八四七年六月末　オルスク要塞

Полякам

わたしたちは互いに尋ねあう。
なんのために　母はわたしたちを　生んだのだろう？
幸運に出会うために？　それとも災難に遭うために？
なんのために　わたしたちは生きているのだろう？
なにを求めているのだろう？　わからないまま、死んでゆく、
なすべき務めも悟らずに……

神さま、わたしには地上で
どんな務めを　お与えになったのでしょう？
もし、この子らが生まれてこなければ、
あなたの怒りを買うことはなかったでしょう。
奴隷として生まれて、
あなたの名誉を汚したとして。

«Один у другого питаєм...»

一八四七年六月末〜十二月　オルスク要塞

神の住まいの扉の奥に　斧はたいせつに置かれていた。
（神はそのときペテロ[†]とともに世界を巡り、
奇跡をおこなっていた。）
　ひとりのカザフ人が悪さをして、
それが恐ろしい災難を、
恐ろしい不幸を引き起こした。
ひそかに斧を盗み出し、
　森の中を引きずって、
葉の生い茂る樫の木立まで運んできた。
　一本の樹を選んで斧を振り降ろした！
その瞬間、斧は手を離れ、
森中の樹がなぎ倒された。
見るも恐ろしい、無残な光景だった。
樫の樹や年輪を重ねた樹がすべて
まるで刈り取られた草のように積み重なった。

谷からは炎があがり、
煙の雲が
神聖な太陽を覆い隠した。
ウラルの山からカザフの海のアラル*まで
闇に包まれた。
湖では水が沸きたち、
村や町は　炎に焼き尽くされた。
人びとは嘆き悲しみ、動物たちも声をあげて啼《な》いた。
トボール*の彼方、
シベリアは雪に閉ざされた。
七年というもの、神の斧は
森の樹を斬り倒し続け、
火の勢いは衰えなかった。
神の世界は煙の彼方に姿を隠した。

＊アラル＝カザフスタンの西南、キルギスとの国境にある湖。
＊トボール＝カザフスタンとロシアの国境付近に発する川。

八年目の日曜日、
白い衣裳を身にまとった子どものような
神聖な太陽が姿を顕《あらわ》した。
かつて　町や村のあった場所は　砂漠になり、
ジプシーのように黒ずんでいた。
もはや　火は燃えていなかったが、
風に吹き散らされて
草のひと茎さえ残っていなかった。
草原《ステップ》に一本だけ
緑の葉をつけた樹が　風に揺れていた。
　赤く灼け焦げた土くれや粘土のかけらが
砂漠中を赤く染めている。
棘のある雑草とアザミ、
ところどころに　ハネガヤ草やカヤツリ草が
山裾の谷間に影を落とす。

そのとき、ひとりのカザフ人が
弱った駱駝《ラクダ》の背に跨《また》がり、
音もなく山に姿を現した。
なにか不思議なことが起きている。
草原《ステップ》が神さまに話しかけているようだ。
駱駝が啼き声を上げ、
カザフ人は首《こうべ》を垂れて
草原《ステップ》とカラブタ*を見つめている。
一本の樹を思い出し、
静かに山を降りてきて、
砂漠の土のかなたに消えた。

草原《ステップ》の道のはての
谷沿いに、一本の樹が
ぽつんと佇んでいた、

＊カラブタ＝カザフスタンを流れる小河川。

神に見捨てられて。
斧にも見捨てられ、
炎にも焼かれずに、
過ぎし昔のことどもを
静かに谷と語りあっていた。
カザフ人たちは
聖なる樹を見過ごさなかった。
谷間に辿り着き、
聖なる樹を感嘆のまなざしで仰ぎ見て、
供え物をしてから
祈りをささげた。
かれらの貧しい土地に
新しい生命を芽吹かせ給えと。

«У бога за двери лежала сокира...»

一八四八年六月十九～二十五日　ライム

預言者

こころ正しき子どもらを愛するごとく
神は地上の人びとを愛して、
彼らのもとに預言者を遣わされた。
神の愛を宣《の》べ伝えるために！
聖なる真理を知らせるために！
広きわがドニエプルのごとく
神のみことばは　流れ、迸《ほとばし》り、
われらのこころの奥深くに浸み透った。
みことばは　目に見えない炎となって燃え上がり、
魂を融かした。この預言者を
教養ある人びとは愛し、彼の行くところに
どこまでも、つき従い、涙を流した。
だが、ずる賢い輩が

神の神聖な栄光を堕落させた……
挙句の果てに　異郷の神への捧げものをした！
なんという冒瀆！
聖なる人であるあなたに
なんという苦しみを与えたことか。
人びとは　あなたを広場に連れ出し、石で打ち殺した。
偉大なる神は　正当な裁きを下された。
凶暴で野蛮な　けだもののごとき輩を
繋ぐための鎖を鍛えるよう命じ、
地中深く　牢獄を掘るよう命じられた。
さらに、狡猾《こうかつ》で残忍な者どもに
柔和な預言者ではなく、
専制君主《ツァーリ》を与えるよう命じられた！

Пророк

一八四八年九月末～十二月　コス・アラル

ふるさとを遠くはなれて人となり、†
今また異郷で老いてゆく。
天涯孤独のわたしには
この世で　ドニエプルや
栄えあるわがふるさとほど
麗しいものはないように思われる。
だが、じつのところ、ふるさとがすばらしいのは
わたしたちがふるさとにいないときだけだ。
最近のこと、不幸な時期に
わたしはウクライナを訪れた。
たとえようもなく美しい　あの村、
母がわたしの襁褓《むつき》を替え、
神に供えるろうそくを買おうと
夜なべ仕事に励んでいた、あの村を。

母は聖母マリアに燈明を捧げ、
幸運がわが子を愛でてくれますようにと
額が床につくほど深く　首《こうべ》を垂れて祈ったものだった。
母よ、あなたがこんなにも早く
永久《とわ》の眠りについたのは幸せなことだった。
さもなければ、このような運命を
わが子に与えた神を呪ったことだろう。

ああ、なんとひどいことになったのだろう、

あの麗しき村は！
黒い大地よりも暗い顔をした人びとが
あてもなくうろつきまわっている。
緑したたる庭は　からからに乾き、
白壁の輝く家は　汚れて傾いている。
池は　葦で覆われてしまった。
まるで　村中が焼け出されて、人びとは
頭がおかしくなったように見える。

唖のように黙りこくり、賦役にでかけている。
子どもたちまで引き連れて！
……………
声をあげて泣いたあと、
わたしはふたたび異郷に引き返した。

ひとりこの村だけでなく、
栄えあるウクライナの　いたるところで
ずる賢い地主どもが、人びとを軛《くびき》に繋いでしまった。
ああ、英雄の子孫たちが　軛に繋がれて
滅亡の淵に瀕している！
そして、堕落しきった地主たちは
おのれの良き友、ユダヤ人たちに
最後に残ったズボンまで売っている……
……………
なんとひどい、悲惨なことだろう、

この荒れ果てた土地で　生きてゆくのは。
だが、もっとひどいのは、ウクライナで
現実を見、嘆き悲しみながら、沈黙を守っていることだ。

もし、そんな不幸を目にしなければ、
いたるところ　喜びと平安に満ちて、
ウクライナは幸せに見えることだろう。
山山のあいだを縫って流れる悠久のドニエプルは
生まれたばかりの乳飲み子のようだ。
　美しさに輝き、歓喜のまなざしで
　ウクライナ中を眺めている。
ドニエプルのかなたには
広い村村が緑に包まれている。
明るい村では
人びともまた朗らかだ。
そんな村にきっとなるだろう。

もし、ウクライナから地主たちが
痕跡もなく姿を消したなら。
…………………
«І виріс я на чужині...»

一八四八年九月末〜十二月　コス・アラル

敵のほうが　まだましだ。
善良な人びとは、同情しながら　盗みを働き、
涙を流しながら　非難する。
善良な人びとは　おまえを家に招き入れ、
歓迎してから　おもむろに
根掘り葉掘り　問いただす。
あとで大笑いするために。
おまえを笑いものにするために。
おまえにとどめを刺すために。
敵がいなければ　この世では
なんとか生きてゆけるだろう。
　だが、善良な人びとは
　どこにいても　おまえを見つけ出すだろう。
この世では　善良な人びとが

おまえを忘れることはないだろう。

«Не так тії вороги...»

一八四八年九月末〜十二月　コス・アラル

谷間に　うす紅《くれない》の
クランベリーが花咲いた。
まるで　幼い少女が
笑みをこぼしているようだった。
なんという愛らしさ！
小鳥たちは　陽気になり、
楽しげに　囀《さえず》り始めた。
小鳥の声を耳にして、
白い上着の娘がひとり
白壁の家から　姿を見せ、
谷間の木立を散歩する。
青青とした森の中から
娘の目の前に
若いコサックが現れた。

コサックは娘の前に跪《ひざまず》き、挨拶のキスをした。
ふたりは谷沿いに歩を進めた。
まるでふたりの子どものように
歌を歌い、歩き続けた。
あのスイカズラの木の下にたどり着き、
ふたりは腰を下ろして
口づけを交わした。

わたしたちは　神さまに
どんな楽園を乞い願うだろうか？
楽園は心の中にあるのに、
わたしたちは目を閉じて
教会ににじり寄る。
そこは　わたしたちの求める楽園ではない
ほんとうのことを話そう。
教会からなにが得られるだろう？

自分に枷《かせ》をはめるだけだ。
司祭にも　人びとにも
同じように。

«Зацвіла в долині…»

一八四九年一月～四月　ライム

われらの地上の楽園で
もっとも美しいのは
幼子《おさなご》を抱いた
若き母の姿。
ときおり　わたしはその姿を眺め、
奇蹟のような美しさに見惚れる。
やがて　こころは悲しみに捕らわれる。
若い母が哀れに思えて　不安にかられる。
わたしは彼女の前で　祈りを捧げる。
この世に神を遣わされた
あの聖母マリアの像の前で
祈りを捧げるように。

今はまだ、彼女は生きる喜びに満ちている。

彼女は夜中に起き出して、
宝もののように　わが子を見守り、
ただひたすら　夜が明けるのを待ちわびる。
こころゆくまで　わが子を見つめるために、
いとし子に話しかけるために。
わたしの坊や！　わたしの宝もの！
そしてふたたび　わが子を見つめ、
わが子を守り給えと　神に祈る。
それから　通りを歩き回る。
女王様のように誇らしげに。
人びとに　自分の宝ものを見せびらかそうと。
ほら、ごらんなさいな、
だれよりも愛らしいわたしの赤ちゃんよ！
たまたま　誰かが見てくれたら、
神さま、なんという歓びでしょう！
嬉嬉として、わが子イワンを家に連れて帰ります。

村中の人たちが
ひねもす彼女の赤ちゃんに見惚れている、
村には　これ以上の奇蹟は　なにもない、
彼女には　そんなふうに思われた。
なんと幸せなことだろう！

歳月が流れる。

すこしずつ、子どもたちは成長し、
大人になり、それぞれの道に別れゆく。
ある者は出稼ぎに、ある者は軍隊に。
哀れな女よ、おまえは　取り残された。
誰ひとり、おまえとともに家にとどまる者はない。
老女の裸を隠す衣服もなく、
冬に家を暖める薪もない。
それなのに、病の身を押して起きあがり、
蠟燭に火をともす。
冷え切った家の中で　おまえは祈る。

彼らのために、子どもたちのために。
　　　　そして、おまえ、[†]
大いなる苦難を負いし女よ！　真夜中に泣きながら、
おまえはいくつもの村を通り過ぎる。
木立の無い野原を歩くとき、
おまえはわが子を　人目から隠そうとする。
なぜなら、小鳥が時折知らせるから。
こう、おしゃべりするから――ほら、父なし子を抱いて
未婚の母《ポクルィトカ》が市場に行くよと。

　不運な女よ！
誰もが見惚れた　かつての美しさは
どこに失せてしまったのか？
見る影もなく消え失せた。
すべてを　赤ん坊が奪い去った。

家から追い出され、
村の外に出て行った、
まるで十字架から降ろされた人のように。
老いた両親はお前を家から追い出した、
らい病患者を追い出すように。
赤ん坊は小さくて、
這うことさえ　まだできない。
だが、いつか、この子も遊んだり、
ママということば、偉大なことば、
もっとも美しいことばを
しゃべれるようになるだろう！
おまえは喜びに満たされる。そして
わが子に　本当のこと、
卑怯な若だんなのことを
話して聞かせるだろう。
だが、幸せは永くは続かない。

すっかり大人にならないうちに、
盲目の老人の案内をして、
子どもは去ってしまう。
おまえは捨てられ、
四辻で　犬を苛立たせ、
吠えたてられるだろう。
おまえがこの世に子どもを産み落としたから、
そして子どもを深く愛したから。
哀れな女よ、
おまえは愛し続けることだろう、
寒さの中、犬たちに囲まれて
生け垣の下で　命果てるまで。

«У нашім раї на землі...»

一八四九年一月～四月　ライム

ある日突然　老人が
自分でも　なぜかわからぬが
若やぎ、楽しい気分に満たされて
声高らかに　歌いだす。
希望が　老人の目の前に
聖天使の姿で現れた。
そして　若さという星が
陽気に　老人に挨拶する。
なにごとが　老人の身に起きたのか。
なぜ　これほどに幸せなのか。
老人は考えてみた。
だれかに　なにか善いことをしたからか？
だが　なにをどうやって？　正しく生き、
そのために、ある人の魂とこころとが

善を愛することを学んだから！
一度ならず　楽しい気分になり
一度ならず　日日草《にちにち》が花咲いた。
薄暗い穴のなかにも
神聖な光がさしこみ
薄暗い穴のなかでも
緑の草が　生い茂るだろう。

«Буває, іноді старий...»

一八四九年一月～四月　ライム

どうやら　わたしは　自分自身に宛てて
必要なことも　必要でないことも
すべてを語りつくす手紙を
書くことになりそうだ。
そうしなければ、わたしは
聖なる真実を告げる　聖なる手紙を
だれからも受け取ることなく、
無駄に待ち続けなければならないから。
時が来たようだ。
わたしが『コブザール』*を世に送り出してから
はや　十年が過ぎようとしている。
だが　人びとは、まるで唇を縫いあわされたように、
だれひとり、吠えもせず　非難もしない。
わたしなど　存在しなかったかのようだ。

*『コブザール』＝ここではシェフチェンコが一八四〇年に出版した最初の詩集『コブザール』初版を指す。解説参照。

わたしをほめそやさないでくれ、諸君！
わたしは称賛がなくてもやっていけるだろう。
わたしがほしいのは助言と忠告だ。
だが、わたしは待ちわびたすえに、
軍隊から墓場に行くことになるだろう！
わたしのこころは　萎《な》えてしまった。
神さま、わたしはどれほど願っていることでしょう。
だれか　ひとことでもいいから
わたしに賢いことばを語り、教えてほしい、
だれのために　なんのために　わたしが書いているのか、
なぜ　ウクライナを愛するのかを。
ウクライナは　聖なる火にふさわしいのか？
わたしはすぐに老いてしまうのに、
まだ　なすべきことがわからない。
たいせつな時間を無駄にしないように
わたしは　書いている。

そんなとき　長い口髭を蓄えた老コサックが
おのれの自由を携えて
黒い駿馬に跨《また》がって
罪深いわたしのもとに現れる！
そうなれば、もうさきのことはわからない。
そのために　今わたしが遠い異国で
身を滅ぼしているとしても。
これは　運命のなせる業なのか？
母がわたしを身ごもったとき、
幸運を授け給えと
神に祈らなかったからなのか？
こうして　わたしは　獰猛な毒蛇のように
草原《ステップ》で踏みつぶされ、
陽の沈むのを待ち焦がれながら、息絶えるのか。
こんな苦しみに　今　わたしは耐えながら、
草原《ステップ》から　死を垣間見ている。

いったい　なぜなのか、わたしにはわからない！
それでも　わたしはウクライナを愛している。
かの地に　わたしの身よりはいないけれど
（知っての通り、わたしは伴侶を見つけられなかった）、
ひろびろとした　わがウクライナを愛している。
この身が滅びるまで。

なんでもないことだ、友よ、悲しまないでくれ！
鍛えた鉄の鎖におのれを繋ぎ、
神に　こころからの祈りを捧げよ。
群衆は相手にするな！
かれらの頭はからっぽだ。
だが、兄弟よ、よくわかっているだろう、
馬鹿な奴のことではなく、自分のことをしっかりと考えよ。

«Хіба самому написать...»

一八四九年一月～四月　ライム

われら愚かで傲慢な人間は
いかなる道にも、いかなる場所にも存在する。
われらこそ
地上のもの、海上のもの、
宮殿から牢獄に至るまで
すべてを支配する王であると　自慢する。
それは、われわれ自身を支配する専制君主、
玉座に坐る囚われ人だ。
だが、良き意思に従う　すべてのもの、
理性の意思に従う　すべてのものは
青い海に光を放つ灯台のように、
人生における灯のように　輝き続ける。
骸骨で造られた　わたしたちの穀物小屋でも
理性の灯は燃えている。

それなのに　わたしたちは　オリーブ油を注ぎながら
幸運な時も不運な時もおかまいなしに
歌を歌っている。

藍色の羽根をした鷲よ、
不幸が　おまえの夢にあらわれるまでは
ほんの少し、ほんの一時《いっとき》なりとも、
酒場のカウンターの下
心地よい物陰に　身を潜めていたまえ。
天上の灯は消えてしまった。
骸骨で造られた　あの穀物小屋に
豚どもが外から入り込み、
汚泥の中を転げまわるように、這いずり、鼻を鳴らしている。
そして　腕を縛るのにちょうどいい鎖を
巧みに鍛造《うちだ》している。
手に乾杯のグラスは持たず、

ナイフも持たず、
早朝には　不幸の酒にどっぷりつかり、
やがて　とめどなく　悲しみの涙を流す。
父と母を呪い、
名付け親を呪う。
そのあとで　ナイフを取り出す――
豚の血が　タールのように流れ始めた。
おまえたちの子ブタの肝臓から。
それから……

«Дурні та гордії ми люди...»

一八四九年一月～四月　ライム

秋のわたしたちは
かすかに　神の姿に似てくる。
わたしたちすべてではなく、
ほんのわずかの人だが。

曲がりくねった峡谷が
樹林を縫って伸びている。黒い肌のジプシーが
殺されたか、眠っているかのような姿をして。
谷沿いにひろがる低地に
草原《ステップ》から　一本の回転草が
赤い顔の仔山羊のように
水を飲もうと　川を目がけて　駆け下《お》りてきた。
けれども川は回転草を捕まえて
広いドニエプルへ連れ去った、
そしてドニエプルは海へ、世界の果てに運び去った。

海は回転草を翻弄し、
遠い異国にうち棄てた。

　おまえには　小さな回転草が
哀れでならない。
沈んだ気持ちを抱いて
谷沿いの森を進めば、
森はざわめき、水路の上には
柳が枝を垂れている。
こころは愁いに閉ざされて、
涙が溢れ出る。
こんなときは、こころの秘密を打ち明けて
こころを解き放ちたくなる。
神さま、人は　どれほど、
どれほど生きたいと願うでしょう！
生きて　あなたの正義を愛し、

全世界を抱きしめたいと思うでしょう！

兄弟である友よ、
きみに家があれば　幸いである。
家に　語りあう人があれば　なおのこと。
まだことばを話せない幼子《おさなご》であっても、
きみの喜ばしい思いを
推し量ってくれるだろう。
幼子の穢《けが》れを知らぬ唇を借りて、
神が自ら語りかけているのだから。

だが、孤独なおまえ、
わたしのただひとりの友であるおまえにとって、
異国で独り生きる苦しみは　いかばかりか。
だれがおまえに語りかけ、
挨拶し、視線を投げてくれるだろう。

おまえのまわりには
息絶えた屍《しかばね》のごとき
寂れ果てた荒野が広がるばかり。
神にうち棄てられて。

«Ми восени таки похожі...»

一八四九年九月〜十月初め　ライム

囚われの日の　昼と夜を数え続けて
もはや　その数もわからなくなった。
ああ、神さま、なんと無情に
日日《ひび》は過ぎゆくことでしょう。
日日の間に年は漂い、
音もなく流れて、
良いことも悪いことも
すべてを運び去る！
運び去って、元に戻してはくれない。
けっして　なにものも！
慈悲を乞うな。
祈りが神に届くことはない。

こうして　四度目の年[†]が

静かに　ゆるやかに流れ、
わたしは　囚われの身の
四冊目の手帳を
綴り始める——血と涙で
わたしは綴り続けよう。
異国にあるわたしの苦しみは
ことばではだれにも、
地上のどこにあっても、
けっして語ることはできない。
遠い異国の囚われの身に
ことばは存在しない！
ことばもなく、涙もなく、
なにものも　存在しない。
おまえの周りには
全能の神さえ存在しないのだ！
見るべきものもなく、

語らうべき人もいない。
この世に生き永らえることを望まずとも
生きねばならぬ。
生きねばならぬ、生きねばならぬ、だがなんのために？
魂を破滅から救うため？
否、魂は救済に値しない。
いったい　なんのために
この世に生き続けて、
囚われの鎖を　引きずらなければならないのか。
それは、わたしがふたたび
わがウクライナを
この目で確かめるためだろうか。
緑の樫の森や暮れなずむ草原と
わたしが涙ながらに
ことばを交わすためだろうか。
ウクライナのどこにも

わたしの身内はいないけれど、
それでも、ふるさとの人びとは
ここ異国の人とは違っている。
ドニエプルのほとり、
あかるい村村をめぐり、
静かで憂いにみちた
わたしの想いを歌うことができるなら。
わが慈悲深き神よ！
わたしを生き永らえさせ、
あの緑の野と
高き塚《モヒラ》を眺めさせ給え。
もし　それが許されぬなら、
わたしの涙なりとも
わがふるさとに　届けさせ給え。
わたしはウクライナのために　身を滅ぼしているのですから。
ウクライナで、折りふし、

わたしを思い出してくれるなら、
わたしは安らかな思いで
異国の土に眠ることができるでしょう。
慈悲深き神よ、届けさせ給え。
さもなくば　わが魂に、
希望なりとも　与え給え。
もしや　異国に葬られ、
わたしの想いも
ともに埋められて
だれひとり　ウクライナで
思い出す人もなく
忘れられるかと思うと
愚かなわたしは
なにをなすべきかもわからず、
こころは凍ってしまいます！

だが、時がゆるやかに流れて、
涙で綴られたわたしの想いが
いつの日かウクライナまで運ばれ、
大地を潤す露のように
若者の無垢なこころに
涙となって　音もなく
降り注ぐかもしれない。
若者は頷いて
わたしとともに泣き、
そして、神さま、あなたに祈りを捧げながら
わたしを思い出してくれるかもしれない。

すべてはなるにまかせよう。
流れに乗って船で進もうと、ぬかるみを歩いて行こうと、
あるいは　十字架にかけられることになろうとも！
それでもなお、ひそやかに綴り続けよう、

この白い紙の一枚《ひとひら》一枚に。

«Лічу в неволі дні і ночі…»

一八五〇年一月～四月　オレンブルク

わたしにはわからないのだが、
人はほんとうは死なないで、
別の生を生きるのだろうか。
豚かなにかに生まれかわって、生き、
前世で罪にまみれていたように、
汚泥にまみれて転げまわるのだろうか。
きっとそうなのだろう。わたしにはどうでもいい。
神にも忘れられた、
単純で不幸でみじめな人間のことは。
どうしようとわたしには関係ない。
だが、あの連中は？　あの悪党どもは家畜小屋で
自分自身を豚の脂身で養うのか？
たぶんそうだろう。彼らは地上で
たくさんの善行を積んだから。
涙が川となって流れ落ち、
血の海ができた。人びとは知っている、

だれに食べさせ、だれの世話をしているのか。
そのとき　きみたちはなにを語るのか。
彼らは、栄誉のために海のごとく血を流したのか？
それともおのれのためにか？　違う、われわれのためだ！
彼らは　哀れなわれわれのために世界に火をつけたのだ！
そして　ついに彼ら自身を檻に閉じこめた。
そうしなければ、きっと、豚飼いがわれわれを
放牧場に入れただろう。おぞましいことだ！
きみたちの栄光は　どこにあるのか？　ことばのなかだ！
きみたちの金銀財宝は、宮殿はどこにある？
偉大なる権威は？　墓のなかだ。
虐殺者によって血塗られた墓のなかにある、
きみたち自身と同じように。
きみたちは野獣として生き、
それから、豚に転生したのだ！

きみは　いずこに†いるのか？

偉大なる聖受難者よ。
神のことばを伝える預言者よ。きみはわれらの中にあり、
きみは　永遠にわれらとともにあり、
聖なる天使たちと挨拶を交わしている。
親愛なる友よ、きみは、静かに、
静かに語り始めるだろう。愛について、
不幸について、悲しみについて、
あるいは、神について、そして海について。
あるいは、凶暴なる虐殺者の手によって
人びとから無意味に流される血について。
きみは　わたしたちの前で　辛い涙を流し、
わたしたちもともに涙を流そう。
詩人の聖なる魂は　生きている。
詩人のことばのなかに　生きている。
わたしたちは　詩人のことばを読んで甦り、

天上の神の声を聞くだろう。

　ありがとう、わが貧しき友よ。
わたしは知っている、きみが　ただ一枚の硬貨を
わたしに与えてくれたことを。
きみは神の御前《みまえ》に　大いなることをなしてくれた！
囚われの身のわたしに
われらが詩人を　送り届けてくれた。
自由への扉を、きみはわたしの前に開いてくれた。
ありがとう、わが友よ。彼の詩を読んで、
わずかなりとも、わが血肉としよう。新しい命を生きよう。
こころに　希望を迎え入れよう。
ひっそりと、静かに歌い始めよう、
そして神を神と呼ぼう。

《Мені здається, я не знаю...》　　一八五〇年一月～四月　オレンブルク

人びとが　呻きながら生きている場所《ところ》を目にしたら、†
若き紳士諸君よ、きみたちは
哀歌など詠む気には　ならないだろう。
わたしたちの涙をあざ笑い、
意味もなく神を褒め称えたりはしないだろう。
木立のなかの粗末な百姓家が、なにゆえに
静かな楽園と呼ばれるのか、わたしは知らない。
そのむかし、この家でわたしは苦しみ、
この家でわたしのはじめての涙も流された。
このあばら家にもないほどの耐え難い災いが
神のもとには存在するのか、
それゆえに、人びとがこの小屋を楽園と呼ぶのか、
わたしは知らない。

村のはずれの　水清き池のほとり、
木立の中の　あのみすぼらしい家を
わたしは　楽園とは呼ぶまい。
そのあばら家で　母はわたしに生命《いのち》を与えた。
襁褓《むつき》を替えながら、子守唄を歌い、
わが子に　憂いを注ぎこんだ。
あの木立のなか、
あのあばら家のなか、あの楽園のなかに
わたしが見たのは地獄……
自由もなく、厳しい労働に明け暮れ、
神に祈りを捧げる　つかの間の時間さえ持てなかった。
その小屋で　赤貧と労苦が
わたしの善良な母親を
若くしてあの世に連れ去った。
その小屋で　父親は子どもたちとともに、
ぼろをまとった　まだ幼いわたしたちとともに涙にくれた。

苛酷な運命《さだめ》に押しひしがれ、
賦役の果てに　命尽きた。
わたしたちは　ネズミの子のように、
別れ別れに　世のなかに散って行った。
わたしは寺子屋で　生徒のために水を運び、
兄弟は　賦役に出たのちに
兵隊に取られた。
そして姉妹！　わたしのうら若き姉妹たちよ！
運命は　とりわけきみたちに厳しかった。
だれのために　この世に生きているのか！
奉公に出され、他人のなかで大人になった。
雇われの身のまま　髪は白くなり、
雇われの身のまま　死んでゆくだろう！

村のはずれのあのあばら家を
思い出すたび、血が凍る。

われらの神よ、わたしたちが
あなたの義なる地上の楽園で
なしているのはこんなこと。
楽園に地獄をこしらえておいて、
もうひとつ　別の楽園がほしいと神に願う。
同胞と静かに暮らし、
同胞を使って畑を耕し、
同胞の涙で畑を潤している。
だが、もしや、神よ、はっきりそうだとは言わないが、
あなたご自身が……
（なぜなら、神よ、あなたの意思なくして、
わたしたちが楽園でぼろをまとい、苦しむはずがないだろうから）
もしや、父なる神よ、
あなたは天上でわれらをあざ笑い、
いかにこの世を治めるべきか、
地主たちと　はかりごとを巡らしているのだろうか。

ほら、あそこでは緑の樹樹《きぎ》が梢を揺らし、
亜麻布を広げたような池が
木《こ》の間隠れに光っている。
水面《みなも》のいたるところに　柳が緑の枝を垂れて
音もなく水浴びをしている。
これは、ほんとうに楽園だろうか?
だが、目を凝らし、見きわめ給え!
この楽園で　なにがおこなわれているのかを。
もちろん、歓びと称賛とに満ちているはずだ。
神聖にして唯一の存在である汝の
奇《くす》しき御業《みわざ》を称えて。
とんでもない!　褒め称えられる者などいない。
あるのは血と涙と呪いの声、
あらゆるものを罵る声ばかり。
地上には　神聖なるものは存在しない。
人びとは、汝、神さえ

呪っているようだ。

«Якби ви знали, паничі...»

一八五〇年一月～四月　オレンブルク

今でも　わたしは夢に見る。山麓の
水場のそば、柳の樹に囲まれた
白壁の小さな家を。
今でも　家のかたわらで
白い髭のおじいさんが腰かけて、
まるまると太った縮れ毛の
孫のお守りをしているようだ。
今でも　わたしは夢に見る。
朗らかに笑顔を浮かべた母親が出てきて、
おじいさんとわが子にキスする姿を。
三度陽気にキスをして、
子どもを腕に抱き上げて、
ご飯を食べさせ、
寝かしつける。

おじいさんは坐ったまま、顔ほころばせ、
つぶやいている——災いや悲しみはどこにある？
敵たちはどこにいる？

十字を切りながら、
われらの父よ、とつぶやくように唱える。
柳の葉越しに陽は燃え　めき、
やがて　静かに夕闇が訪れる。陽は沈み、
すべてのものが眠りについた。おじいさんも
眠るために　家に入った。

«І досі сниться: під горою...»

一八五〇年一月～四月　オレンブルク

運命《さだめ》

きみは　わたしに嘘をついたわけではない。
きみは　貧しいわたしの友であり、
兄であり、姉であった。
幼いわたしの手を引いて、寺子屋の
飲んだくれの司祭のところに連れて行った。
――しっかり勉強しなさい、いつか
立派な人間になれるようにと　きみは言った。
わたしは言いつけを守って勉強した。
勉強を終えたけれど、きみの言ったことは嘘だった。
どんな人間になれるというのか？　無駄なことだ！
わたしたちは　互いを欺いたわけではない。
わたしたちは　まっすぐに進み、わたしたちは
偽りの収穫を得なかっただけだ。

わたしの運命よ、もっと先へ進もう。
貧しいけれど、よこしまなこころを持たない友よ！
さあ、もっと先へ進もう。その先に栄誉はある。
栄誉こそ、わたしの目指す道だ。

Доля

一八五八年二月九日　ニジニ・ノヴゴロド†

ミューズ

そして、きみ、このうえなく清らかで、神聖な、
アポロンの若き妹†であるきみよ！
まだ襁褓《むつき》にくるまれているわたしを
きみは　遠い広野へつれだした。
広野の真ん中の塚《モヒラ》の上で
限りない自由のような
灰色の霧の産着を着せた。
腕の中であやし、歌を聞かせ、
魔法をかけた……そして、わたしは……
おお、わたしの魅惑的な魔法使いよ！
きみは　いつも　わたしを助けてくれた。
きみは　いつも　わたしを見守ってくれた。
　果てしなく広がる無人の草原《ステップ》でも

遠い流刑の地でも
きみは野に咲く一輪の花のように
誇り高く輝いていた！
不潔な兵舎から
清らかで神聖な
小鳩の姿で舞い上がり、
わたしの頭上を駆けめぐって
歌い始めた。
きみは黄金《こがね》色の翼をもち、
迸《ほとばし》る水となって
わたしの魂に降り注いだ。
こうして　わたしは生きている。
わたしの星であるきみは、わたしの頭上で
神神しいばかりの美しさで輝いている。
わたしの　このうえなく聖《きよ》らかな慰めよ！
わたしの　若き日の運命よ！

わたしを棄てないでおくれ。
夜も昼も、夕べにも早朝にも
わたしを出迎えて、導いておくれ。
偽りを語ることのない唇で
真実を語ることを教えておくれ。
最期の時が訪れるまで
わたしを助けて祈りを捧げさせておくれ。
わたしが死んだら、
聖なるミューズよ、わたしの母よ！
自分の息子を葬ってほしい。
そして、きみの永遠に滅びることのない瞳に
せめて涙の一雫《ひとしずく》でもうかべてほしい。

Муза

一八五八年二月九日　ニジニ・ノヴゴロド

栄光

そして、おまえ、尻軽の酒場の女主人《あるじ》、
飲んだくれの商売女よ！
おまえは輝く光とともに、
どの死刑執行人のところで長逗留しているのか？
ヴェルサイユの盗人†のもとで
荷を解いたのか？
それとも、ほかの誰かに、うんざりさせられ、
泥酔して、疲れはてたのか？
わたしに、ただ、身を寄せるだけでいい、
ともに不幸を断ち切ろう。
しっかりと抱き合おう。
楽しく、ひっそりと
冗談を言い合い、キスを交わそう。

そして、結婚しよう。
わたしの華麗なる佳人《かじん》よ、
わたしはおまえの後を追い続けてきたのだから。
おまえが　酔っぱらいのカエサルたちと
酒場でじゃれ合おうと、
とりわけ、あのニコライ†と
セヴァストーポリ†でたわむれようと——
それは　わたしにはどうでもいいことだ。
わたしの運命よ、わたしに
おまえを見つめさせておくれ。
おまえを抱きしめさせおくれ。
いとしいおまえの翼の下
心地よい涼しさに抱かれて　眠らせておくれ。

Слава

一八五八年二月九日　ニジニ・ノヴゴロド

イザヤ書三五章に倣《なら》いて†

喜べ、水涸れの畑よ！
喜べ、穀物の実らぬ不毛の大地よ！
蕾《つぼみ》を開き、あでやかな百合のごとき
花を咲かせよ！　聖なるヨルダンの
水路や岸辺のごとく
緑の葉を茂らせ、花を咲かせよ！
レバノンの栄光とカルメル*の栄誉は、
小賢しい知恵ではなく、
高価な金糸で巧みに縫い上げられ、
善と自由の裏をつけられた衣を
おまえに着せるであろう。
かくて、目の見えない人びと、蒙昧な人びとが
神の奇蹟を見ることになるであろう。

奴隷たちの疲れた手は
休息をとるだろう。
鎖につながれた者たちの膝は
安らうだろう。
こころ貧しき者たちよ、
奇蹟を怖れるな――
これは、長く耐え忍んできた
汝ら貧しき人びとを
神が裁き、救済されるためである。
盗人には悪行の裁きが下されるであろう。

神よ、聖なる真実が
地上に翔び来たり、

＊カルメル＝パレスチナにある山。聖地として崇められている。

ほんの一時《ひととき》でもとどまるなら、そのとき
盲《めしい》は目が見えるようになり、脚の曲がった者は
鹿のように林から駆け出してくるだろう。
口のきけない者の唇は開き、
ことばが水のように迸《ほとばし》り出るだろう。
水涸れの砂漠の峡谷は
癒しの水に満たされて、
轟音を響かせるだろう。
川は陽気に歌いつつ流れ、
湖はあたりに森を茂らせ、
小鳥たちが楽しげに歌いはじめるだろう。
草原《ステップ》も息を吹き返し、
里程標のある道ではなく、
自由という名の広い道が
縦横に行き交うだろう。
この広い道を

支配者たちが見出すことはないだろう。
だが、奴隷たちは
暴力に訴えず、騒がず
この道に辿り着くであろう。
こうして、明るい村村が
砂漠の主になるであろう。

Ісаія. Глава 35 (Подражаніе)

一八五九年三月二九日　サンクト・ペテルブルク

わが慈悲深き神よ、ふたたび災難《わざわい》が起こりました。†
世界はあんなにも美しく、穏やかであったのに。
わたしたちはおのれを縛る鎖を
外す準備を始めていたのに。
なんと思いもよらぬことでしょう！　またもや
百姓たちの血が流れ始めました。
王冠をいただいた死刑執行人たちが、ふたたび
飢えた野良犬のように、骨を求めて争っています。

«Мій боже милий, знову лихо! ...»

一八五九年四月～五月　サンクト・ペテルブルク

あるとき、わたしは考えた。
馬鹿な頭で訝《いぶか》った。なんと辛いことだろう！
この世で　どう生きたらよいのだろう？
人びとと　神さまを褒め称えるため？
腐った丸太のように、汚泥の中で
ぼろぼろになり、年老いて、朽ち果て、
この世に痕跡さえ残さずに
略奪された土地で
死んでゆくために……
ああ、辛い！　なんと辛いことだろう！
地上のどこにこの身を隠せばいいのだろう？
来る日も来る日も　ピラト*たちは死刑を執行し、
人びとを凍死させたり、焼き殺したりしている！

«Колись, дурною головою...»

一八五九年七月二十一日　サンクト・ペテルブルク

*ピラト＝イエスの処刑を許可したローマ領ユダヤの総督。

マリア[†]（抄）

喜びなさい、あなたは恥のうちに身ごもった
　女たちを甦らせたのですから。
　　このうえなく気高い聖母に捧げるアカフィスト（イコス一〇）[*]。

わたしの望みのすべてを
たとえようもなく深い
あなたの慈悲のこころに託します。
わたしの望みのすべてを
母であるあなたに託します。
聖なるもののなかで　もっとも神聖な力よ！
清らかで一点の穢《けが》れもない女《ひと》　敬虔な女よ、
わたしは祈り、悲しみ、声をあげて泣いています。
このうえなく清らかな女よ、
かれら　権利を奪われた盲目の囚人たちに

どうぞ　目を止めてください。
あの者たちが十字架と鎖を
この世の果てまで運んで行けるように
受難者である　あなたのひとり子の力を
あの者たちに与えてください。
褒め称えられるべき　天地《あめつち》の女王よ！
うめき声に耳をすまし、
あの者たちに　安らかな最期を迎えさせてください。
ああ、並ぶもののない　善良な女よ！
貧しい村村に　花咲きあふれるときが来たら、
よこしまなこころは捨て去り、
静かで歓びにみちた讃美歌で
あなたの聖なる運命を　褒め称えましょう。
でも今　わたしが捧げるのは　貧しい魂の泣き声と嘆きの涙だけ。

＊アカフィスト＝正教の教会で唱える賛詞と祈禱、「イコス」はアカフィストのなかの礼拝の歌。エピグラフは祈禱書からの引用。

これこそが　貧者の一灯なのですから。

Марія (1-25)

一八五九年十一月十一日　サンクト・ペテルブルク

黒い眉の　愛らしい少女が、
地下蔵からビールを運んできた。
わたしはちらと目をやり、まじまじと見つめ、
身をよじって少女の姿に釘づけになった。
だれにビールを運んでいくのだろう？
どうして裸足で歩いているのだろう？
全能の神よ！　あなたの力は
あなた自身にも重荷を背負わせる。

«Дівча любе, чорнобриве...»

一八六〇年一月　サンクト・ペテルブルク

おお、樫の森よ、
小暗き繁みよ！
おまえは一年に三度衣を替える。
おまえには　裕福な父親がいるから。
はじめに　おまえに
鬱蒼とした緑の衣を着せ、
自分のものである樫の森を
満足気に眺める。
若さに溢れた愛娘の姿を
こころゆくまで賞《め》でたのち、
娘を抱きしめ、
金色の衣をまとわせる。
それから、いとしい娘を
白いマントですっぽりとくるむ。

父親は、ようやく眠りに就く、
すっかり　気疲れして。

«Ой діброво – темний гаю!»

一八六〇年一月　サンクト・ペテルブルク

祈り

皇帝《ツァーリ》たちと　世界中の酒場の主らには
ドゥカート*やターレル*と
鍛えた鎖を送り給え。

略奪された土地で
働く者の頭と手には
あなたの力を授け給え。

神さま、地上にいるわたしには
愛と、こころ安らぐ楽園を与え給え。
そのほかには　なにものも与え給うな。

Молитва　一八六〇年五月二十四（二十五）日　サンクト・ペテルブルク

悪に手を染めようとする者を　思いとどまらせ給え。
鍛えた鎖には繋がず、
地中深くに牢獄を築き給うな。

善きことをなそうとする手を
教え、導き、
聖なる力を与え給え。

そして清きこころの持ち主には？
神の御使いをかたわらに遣わし、
かれらの清らかさを守り給え。

＊ドゥカート＝中世イタリアで造られ広くヨーロッパで用いられた金貨。
＊ターレル＝三マルクに相当する昔のドイツ銀貨。

地上に生きるわれらすべてに
ひとつの共通の思いと
同胞への愛を送り給え。

«Злоначинающих спинни...»

一八六〇年五月二十七日　サンクト・ペテルブルク

あの　さもしく貪欲な眼《まなこ》、
地上の神である皇帝《ツァーリ》どもには、
犂《すき》も船も、
地上の財宝のすべてと
彼らを褒めたたえる賛歌を与え給え。
あの　ちっぽけな神たちには。

働く者の頭と
働く者の手には
耕し、考え、
時期を逃さず収穫するための
畑を与え給え。
働く者たちの手には。

善良でつつましく
静けさを愛する　信心深い者には、
天と地の創造者である神よ、
この世では　長寿を
あの世では　天国を与え給え。

この世のものはすべて　われらにではなく、
神である皇帝《ツァーリ》たちに　与え給え！
犂も船も
地上のすべての財宝を。
神よ、われらには、
人びとのあいだの愛を与え給え。

«Тим неситим очам...»

一八六〇年五月三十一日　サンクト・ペテルブルク

ふたりは幼馴染《おさななじみ》だった。大人になって、
いっしょに笑ったり　遊んだりしなくなった。
ほんとうに別れてしまったように見えた。
やがて、ふたりは再会し、結婚した。
静かに　幸せに暮らし、
永遠の眠りに就くまで
きよらかなこころを持ち続けた。
人びとのあいだで、人びとと共に生きた。

全能なる神よ、わたしたちも
ふたりのように花開かせ、成長させ給え。
ふたりのように結婚させ給え。辛い道で
人びとと争わせることなく　進ませ給え。
この世で静かに過ごさせ給え。

涙や憤怒や歯の激痛ではなく、
永遠で至純の愛を
静かなこの地上に　もたらし給え。

«Росли укупочці зрослu...»

一八六〇年六月二十五日　サンクト・ペテルブルク

　輝く光よ！　静けさにみちた光よ！
自由でなにものにもとらわれない光よ！
兄弟である光よ、なぜおまえは
静かで暖かな自分の家で
鎖に繋がれ、汚されているのか
（賢人がわなにはまった）
紫色のマントで覆われ、
十字架にかけられ、とどめを刺されたのか？

いや、とどめを刺されたわけではない！
身震いして立ち上がれ！　ふたたびわれらの上で輝き、
われらの蒙《もう》を啓《ひら》いておくれ！　兄弟よ！
紫の衣から脛《すね》当てを剝ぎ取り、
香炉からパイプに火を点《つ》けよう。

奇蹟のイコンでペチカを暖めよう。
聖水の散水器で水をまき、兄弟よ、
新しい家を掃除しよう！

«Світе ясний! Світе тихий!»

一八六〇年六月二十七日　サンクト・ペテルブルク

アルキメデスもガリレオも
ワインなど目にしたこともなかった。
聖油は修道僧の胃袋に流れこんだ。
だが、あなたたち、聖なる先駆者たちは
世界中に散って行き、パンのかけらを
貧しい王たちにも分け与えた。
王たちによって植えられたライ麦は
刈り取られるだろう！
だが、人びとは成長するだろう。
新しい考えを採り入れない王の子孫は　滅びるだろう。
新しくよみがえった土地には
敵も　競争相手もいない。
かわりに　息子がいて、母がいるだろう。
そして、地上には　人びとがいるだろう。

«І Архімед, і Галілей...»

一八六〇年九月二十四日、サンクト・ペテルブルク

おお、人びとよ、哀れな人びとよ！
きみたちにはなぜ　皇帝《ツァーリ》が必要なのか？
きみたちにはなぜ　犬の番人が必要なのか？
きみたちは人間なんだ、犬じゃない！

　真夜中の凍てつく道と霧、
そして雪と寒さ。
ネヴァ†が　橋の下をくぐって
細かな氷の塊をいずこかへ運び去る。
わたしもまた　真夜中に
歩いて行く。咳をしながら　歩き続ける。
わたしは見つめる、ぼろをまとった娘たちが
まるで雌羊のように歩いて行くのを。
そのあとを　哀れな傷病兵がひとり、

腰をかがめ、足を引きずりながら歩いている。
まるで、他人の家畜を　囲いの中に入れるため
追い立てているようだ。正義はどこにあるのか！
真実はどこにあるのか！　なんと悲惨なことか！
餓えて着るものもない娘たちが
最後の負債を払うために追い立てられる。
まるで家畜の群れのように、
私生児たちの母†のもとへ　追い立てられる。
地上の王たち、王妃たちの上に
裁きは下されるのか？　罰は与えられるのか？
人びとのあいだに　真実は顕《あらわ》れるのか？
そうなるに違いない。なぜなら、陽は昇り、
けがれた土地を焼き払うだろうから。

«О люди! люди невораки!»

一八六〇年十一月三日　サンクト・ペテルブルク

もし、ともに食卓を囲み、
ことばを交わす人がいたら、
この世の暮らしは　わずかでも
しのぎやすくなるだろう。
だが　悲しいかな！　だれもいない。世界は広く、
地球上には大勢の人がいるのに。
火の気のない、傾いた家の中で、
あるいは路傍で、わたしは
孤独な死を迎えることになるだろう。
それとも……いや、結婚しなければならぬ。
たとえ　悪魔の妹とでも！
さもないと　孤独に耐えかねて、
気が狂ってしまうだろう。
よく耕された畑に　小麦、ライ麦の種が蒔かれ、

人びとは収穫を得るだろう。そして　噂するだろう。
あのひとは殺されたそうだよ、
可哀想に、どこか見知らぬ土地で……——
ああ、なんと辛いわたしの運命だろう！

«Якби з ким сісти хліба з'їсти...»

一八六〇年十一月四日　サンクト・ペテルブルク

日が過ぎ、夜が流れる。
おまえは頭を抱えて、
訝《いぶか》しむ、なぜ
真実と啓蒙の使徒は　現れないのだろうか。

«І день іде, і ніч іде...»

一八六〇年十一月五日、サンクト・ペテルブルク

あるとき　ネヴァの岸辺を
夜更けに　ひとり　歩きながら
わたしは　自分に　問いかけた。
——もしも——とわたしは　考えた。
——もしも　奴隷たちが　従順でなかったら……
そうしたら　こんなに立派な宮殿†が
ネヴァのほとりに　建つことはなかっただろう！
奴隷たちは　わたしの兄弟、姉妹だったかもしれない！
それなのに……今はなにもない！
神はおろか　その似姿さえ　見あたらない。
犬の番人が　一族そろって　君臨し、
われわれ　賢い人間は　泣きながら
犬どもに　餌をやる。

夜中に　ネヴァの河岸を
ひとり　歩きながら
わたしは　想いにふけっていた。ふと見ると、
向こう岸から　猫†の目が
穴からのぞくように　睨んでいる。
聖堂の　門の脇に　灯された
二本の燈明だった。
気づいたわたしは　十字を切り、
それから三度　唾を吐いた。
そして　ふたたび　考え始めた、
さっき　考えていたことを。

«Якось-то йдучи уночі...»

一八六〇年十一月十三日　サンクト・ペテルブルク

わたしたちは出会い、結婚し、強い絆で結ばれた。
ふたりは若い活力に満ち、成熟した。
家の周りに　樹を植え、畑を作った。
わたしたちは　まるで王様のような気分だった。
子どもたちが遊び、育ち、成人した。
兵士たちが娘たちを盗んでいき、
息子たちは兵隊に取られた。
わたしたちは　別れてしまったような気がした。
結婚したこともなく、
深い愛で結ばれたこともなかったかのように。

«Зійшлись, побрались, поєднались...»

一八六〇年十二月五日　サンクト・ペテルブルク

シェフチェンコの詩作品で流刑前にロシア国内で出版されたのは『コブザール』初版（一八四〇）、『ハイダマキ』（一八四一）、『チヒリンのコブザールとハイダマキ』（一八四四）および文芸作品集『つばめ』（一八四一）その他に掲載された数篇の詩だけである。流刑中は詩作を禁じられていたため、紙片にひそかに書き綴り、一八四九年末か五〇年はじめに流刑地で手製の小さな手帳に清書した（63ミリ×98ミリ、通称「マラ・クヌィジカ」、小さな本、ノート）。流刑を赦されてペテルブルクへの帰還途中のニジニ・ノヴゴロドでそれらを上質紙のアルバムに清書し直した。この詩集にはシェフチェンコ自身の筆跡で「タラス・シェフチェンコの詩　１８４７」という題がつけられており、赦免後の詩も書き加えられている（通称「ビリシャ・クヌィジカ」、大きな本）。ペテルブルクに帰還後の一八六〇年に出版された『コブザール』には、検閲許可が下りた詩が数点加えられたが、手稿集『三年』および流刑期以後の作品のほとんどが生前には国内での出版を許可されなかった。国外では一八五九年にライプツィヒでロシア叢書の一冊『プーシキンとシェフチェンコの新しい詩』の巻に国内で発禁の作品を含む六篇の詩が掲載され、シェフチェンコの名が広く知られるきっかけとなった。この本は非合法にロシア国内にも持ち込まれた。ほとんどの作品の出版許可が下りるのは革命以後のことであるが、ソヴィエト時代になっても一部の作品は反ロシア的であるという理由で除かれた。ペレストロイカ以降ようやく全作品を載せた全集が出版された。掲載書名、誌名を挙げていない作品は「ビリシャ・クヌィジカ」所収である。解説ではそれぞれの詩の理解に必要な事項を記したが、シェフチェンコの詩作品は彼の生涯と切り離しては理解できないので、このあとに付したシェフチェンコの生涯もあわせて参照していただきたい。

（頁）

9 **「想い」** 文芸作品集『つばめ』（一八四一、サンクト・ペテルブルク）に掲載。

ドゥムカ＝①こころの想い、考え。②十九世紀前半にウクライナ、ポーランド、ロシアで流行した哀歌的内容の抒情詩のジャンル。ウクライナではとくに民謡に起源をもつ歌が多い。この詩では①②両方の意味をこめて使っている。シェフチェンコは「ドゥムカ」の題で一八三八年に四作品を残している。

運命＝幸運であれ、不運であれ、運命は神から与えられたもので、個人の努力では変えようがない、という考え方がウクライナ人には伝統的に強い。そこから、貧しい若者が自分の本当の運命を探して世界を流離《さすら》う、という行動が生まれ、多くの歌や詩のテーマとなった。

コサック＝黒海沿岸からキエフ南方にかけての未開の土地に、十五世紀後半から、まずトルコ系コサックが、次いでスラヴ系コサックが移り住んで集団を作り、自衛のために武装した。移住の理由は宗教的迫害や地主の苛酷な税の取り立てから逃れるためなどさまざまであるが最大の理由は農奴身分からの逃亡であった。ウクライナのコサックはドニエプル川の下流の中洲に本営を設けたので、ザポロージェ（早瀬の向う）のコサックと呼ばれる。

頭＝こころの想い「ドゥムカ」を、ここでは感情をつかさどる「セールツェ」（こころ）と対比させて「理性による思考」の意味で使っている。12頁の「頭」も同じ。

11

「**気が狂《ふ》れた娘**」文芸作品集『つばめ』（一八四一）に掲載。

シェフチェンコは徒弟奉公をしていたとき、暇を見つけてはレートニィ・サート（夏の庭園）に出かけてスケッチをしていたが、この時期に詩も作り始めた。「気が狂れた娘」は解放前の作として残っている唯一の詩作品。ウクライナの伝統的フォークロアを受け継ぎ、バラード形式で、幸運を探す旅に出かけた恋人を想い、待ち焦がれて気が狂った娘の悲劇を歌った作品。全二二五行の叙事詩であるが、訳出した部分は美しいメロディをつけて今日でも愛唱されている。『コブザール』出版の翌年、「想い」（水は青い海へと……）、「想い」（荒れ狂う風よ……（本書未訳））とともに文芸作品集『つばめ』に発表された。執筆順では第一作とされているが、本書では抄訳の「気が狂れた娘」を同時に発表された「想い」の後に配した。

14

「**想い**」『コブザール』初版（一八四〇）所収。

『コブザール』はシェフチェンコが農奴身分から解放されてわずか二年後に出版された詩集。『想い』、『カテリーナ』、〈わたしの詩、わたしのこころの想いよ…〉など八篇が収められている。この時期のシェフチェンコは『想い』の題で四篇の作品を残しているが、『コブザール』に収められたのはこの一篇だけである。

17 **「カテリーナ」**『コブザール』初版（一八四〇）所収。

物語詩「カテリーナ」からの抄訳。シェフチェンコが農奴身分から解放されたときの恩人の一人である詩人ヴァシーリィ・ジュコーフスキィに献げられた。ロシア人将校に棄てられた農村の娘カテリーナが、子どもを生んだ後、池に身を投げて命を絶ち、遺された息子は盲目のコブザールの案内人になるという物語。シェフチェンコはその後も、男に棄てられて未婚の母となった娘を主人公とする作品を数多く書いている。

22 **〈わたしの詩、わたしの想いよ…〉**『コブザール』初版（一八四〇）所収。

想い（ドゥームイ）＝「ドゥームィ」は「ドゥムカ」（11、14頁）と同じく「想い」や「考え」を意味する「ドゥーマ」の複数形である。同時に詩の形式、主としてコサックの活躍などを描く歴史的叙事詩をも意味している。シェフチェンコはここでは自分のこころの想いとその想いから生まれた詩の両者の意味を重ね合わせて使っている。シェフチェンコの詩の多くがメロディをつけて歌われているが、そのなかでもこの詩はウクライナの人にとって特に大切な作品のひとつである。またこの作品は手稿集『三年』で追及される一連の「ウクライナ」テーマの作品の先駆けをなすものである。

24**モヒラ**＝墳墓、墓所、墓の盛り土。また、小山、塚を表すことば。シェフチェンコは伝説に基づいて、古代の遺跡である古墳をコサックの墓所として神聖視している。

33**オクサーナ・コヴァレンコ**＝キリーリフカ村時代のシェフチェンコの幼馴染の女性（一八一七〜？）。いくつかの詩の中で登場するが、描かれている姿は伝記的事実と一致しない場合もある。

35**〈なぜわたしは辛いのか…〉**手稿集『三年』所収。

シェフチェンコはウクライナを訪れた一八四三年秋から一八四五年までの三年のあいだに執筆した詩を手書きのアルバムに『三年』という題でまとめていた。検閲を受けて出版することを想定していなかった作品群なので、ウクライナの悲惨な状況に対する深い嘆きと厳しいロシア批判、辛辣な風刺があからさまに表現されている。キリロ・メフォーディ兄弟団事件で逮捕されたときにこの詩集の内容が重罪の根拠となった。

36**「小さなマリヤーナに」**手稿集『三年』所収。

38**〈かあさんを棄ててはいけないよ…〉**

シェフチェンコはキリロ・メフォーディ兄弟団事件にかかわって逮捕され、ペテルブルクの牢獄に収監されていたとき、十二の連作を綴り、オルスク要塞に流刑になってから、まえがきに相当する詩〈同志たちよ、思い出してほしい〉を書き加え、「牢獄にて」と題した。この詩は連作四番目の詩。第一部には十二の連作から五篇を、第二部には〈同志たちよ、思い出してほしい〉ほか二篇を収めた。注181参照。

41〈**三本の広い道が…**〉「牢獄にて」の連作六番目の詩。

44「**コストマーロフに**」「牢獄にて」の連作七番目の詩。

牢獄に収監されていたとき、独房の窓からコストマーロフの母の姿を目にして詠んだ。

47〈**農家のそばの桜の庭…**〉「牢獄にて」の連作八番目の詩。

49〈**夜も明けやらぬ早朝に…**〉「牢獄にて」の連作九番目の詩。

78**生け垣の下で**　家もなく野垂れ死にすることの象徴的表現。

92**三年目**＝流刑の最初の年（一八四七年）からひそかに紙片に詩を綴り続けたが、この詩は一八四九年（三年目）の最初の詩である。

121「**リケラに**」

リケラ・ポルスマーコヴァは地主マカーロフ家の農奴であったがペテルブルクに連れて来られたあと、解放される。シェフチェンコは一八六〇年八月に知り合い、結婚を望んだが、わずか一か月後には別れている。次の〈日日草が花咲き…〉、「Lに」ともに、リケラとの出会いと別れについての心情を綴った詩である。

131〈**わたしの貧しい道連れよ……**〉

死の直前に綴った最後の詩。「ビリシャ・クヌィジカ」には清書されていない。

139「**ハイダマキ**」『コブザール』出版の翌一八四一年にペテルブルクで出版。

長編歴史叙事詩『ハイダマキ』の冒頭の一節。「ハイダマキ」とは十八世紀半ば以降にポーランド領右岸ウクライナで頻発したコサックや農民による反乱の参加者たちのこと。最大の蜂起が一七六八年に起きた「コリフシチナの一揆」である。一七六一年生まれのシェフチェンコの父方の祖父が一揆の参加者から直接体験を聞いていて、それを孫に話して聞かせていた。

141 **「暴かれた墳墓」**手稿集『三年』所収。

一八四三年のウクライナ旅行中シェフチェンコはモイシフカ村で知り合った民俗学者のプラトン・ルカシェヴィチ(一八〇六〜八七)を訪ねてベレザニに滞在したが、そのとき目にした墳墓《モヒラ》発掘作業に触発されて書いた詩。ウクライナのコサックは十七世紀半ばにボフダン・フメリニツキィを指導者としてポーランドに対して反乱を起こし、ヘトマン国家を樹立したが、勢力を盛り返したポーランド軍やタタールに対抗して独立を維持するため、ロシアとペレヤスラフ協定(一六五四)を結んで、ロシアの庇護下に入った。シェフチェンコはこれをフメリニツキィの選択の誤りとして作品の中で糾弾し続けた。ザポロージェのコサックをウクライナの自治の象徴とみなし、ロシア政府による発掘をウクライナとコサックに対する冒瀆と考えた。

143 **ユダヤ人やドイツ人**=ザポロージェの本営《シーチ》がロシアのエカテリーナ二世によって完全に破壊され、ヘトマン国家が廃止された後、ウクライナに多くのユダヤ人やドイツ人が入植した歴史的事実を指す。

145 〈**チヒリンよ、チヒリンよ…**〉手稿集『三年』所収。

チヒリンはコサックのヘトマン国家時代、ウクライナの政治的、軍事的拠点であった。

シェフチェンコは一八四三年と四五年の二度訪ねて、多くの詩と絵を残している。

146 **ポーランド人と戦った**＝ヘトマン国家時代に繰り返されたポーランド、タタール（トルコ）、モスクワ（ロシア）との抗争を指す。

151 「**夢**」手稿集『三年』所収。

一人の男が鳥のように空を飛びながらロシアを見下ろす夢を見た、という設定で語られた痛烈な風刺詩。キリロ・メフォーディ兄弟団事件で逮捕されたときの所持品のなかに手書きの詩集『三年』があったが、強烈なロシア批判とツァーリ夫妻に対する戯画的風刺を展開した「夢」が特に問題視された。

世界の果てまで＝ニコライ一世がカフカースで戦闘を始め、一八三〇～三一年のポーランド蜂起を武力で弾圧したことを指している。

152 **寺院を建造**＝ニコライ一世時代に多くの寺院が建立されたことを指している。

156 〈**金持ちを羨むな…**〉手稿集『三年』所収。

157 **ミルホロド**＝ウクライナ中部の町。ポルタヴァ州の州都。ウクライナ再訪の一八四五年春と秋の二回訪れた。

158 〈**金持ち女と結婚するな…**〉手稿集『三年』所収。

160 「**囚人**」手稿集『三年』所収。

一八四五年にウクライナで執筆されたときは「盲人」という題がつけられていた。流刑から帰還したのちに「囚人」という題で書き直された。

162 **マリヤンスケ**＝（またはマリインスケ）ミルホロド近くの村。

163 「**死者と生者とまだ生まれざる同郷人たちへ**」手稿集『三年』所収。

正確には「死者と生者とまだ生まれざる者、ウクライナの内とウクライナの外にあるわが同郷人へのこころからの呼びかけ」という長い題名の詩。日付の十二月十四日はデカブリストの蜂起の日である。

166 「**ダビデの詩篇**」手稿集『三年』所収。

旧約聖書の「詩篇」はシェフチェンコが少年時代から親しんでいた、彼の精神の原点とも言うべき書物である。そのうちの十章を一八四五年に、晩年にさらに一章を翻案している。本書では第一章と第十二章を訳したが、シェフチェンコの章立ては東方正教会の祈禱書に拠っている（本書で訳したのは現在わたしたちが手にする聖書の詩篇では第一、第十三章に相当する）。

169 〈**日が過ぎ、夜が流れ……**〉手稿集『三年』所収。

172 「**三年**」手稿集『三年』所収。

詩集の表題になっている詩。ウクライナの現実を目の当たりにしてから三年目の暗い絶望感が漂っている。

179 「**遺言**」手稿集『三年』の最後の作品。

この頃シェフチェンコは重い病を得て一時は死を覚悟した。自身は題をつけていないが、彼の死後出版された『コブザール』に冒頭の八行だけが「遺言」という題で掲載された。それ以後、「遺言」の名で拡まった。メロディを付けて愛唱されている、シェフチェンコの詩の中でもっとも有名な歌。ウクライナでは「第二の国歌」の扱いを受けている。

181 **「牢獄にて」**十二の連作の前に置かれた詩。

181 **わが同囚**＝キリロ・メフォーディ兄弟団事件で逮捕され、収監された仲間たち。

182 **彼**＝結社の存在を当局に密告したキエフ大学の学生ペトロフのこと。

183 **〈わたしが　ウクライナに住むことが…〉**「牢獄にて」の連作三番目の詩。

185 **「草刈り人」**「牢獄にて」の連作十一番目の詩。

188 **ネロ**＝ローマ皇帝（在位五四〜六八）。はじめは善政を敷いたが、後にキリスト教徒を迫害。暴君の代名詞となる。

サルダナパルス＝紀元前七世紀のアッシリアで奢侈の限りを尽し民衆の蜂起によって宮殿もろとも焼き殺されたといわれる伝説上の王。

ヘロデ王＝ユダヤの王（在位前三七〜四）。イエス・キリストの成長を怖れてベツレヘムの嬰児をすべて殺害させたと伝えられる。

カイン＝旧約聖書中の人物。アダムとイヴの長子。弟のアベルを殺害した。

ソクラテス＝古代ギリシャの哲学者。

カエサル＝ローマの武将、政治家。前四四年終身執政官となるが、のちに暗殺される。

190 **「ポーランド人に」**

オレンブルクに送られて間もない時期にポーランド人の流刑囚と知り合ったことがこの詩を書くきっかけであったようである。

教会合同＝一五九六年のブレストの教会合同以後、ウクライナとベラルーシの正教会の一部はギリシャ・カトリック教会となり、ローマ法王の管轄下に置かれた。教会合同がウクライナとベラルーシの正教徒による反乱の原因を作ったとシェフチェンコは考えた。

194 **〈神の住まいの扉の奥に…〉**

アラル探検の際に滞在したライム砦で、現地のカザフ人から聞いた「奇跡の樹」の伝説に着想を得て書いた作品。

ペテロ＝イエスの弟子の筆頭とされる人物。

201 **〈ふるさとを遠くはなれて人となり…〉**「ビリシャ・クヌィジカ」所収。

シェフチェンコは十三歳で両親と死別した後、領主の召使となり、ヴィリノへ、さらにペテルブルクへ連れて行かれた。一八四三年二十九歳でウクライナを旅行するまで一度も故郷に帰る機会がなかった。美術アカデミー卒業後、ウクライナに住むつもりでキエフに居を構えたが、一八四七年に逮捕され、故郷から遠く離れた中央アジアに無期流刑になった。この詩を書いたときシェフチェンコはアラル海探検隊の一員としてコス・アラルに逗留中であった。

214 **そして、おまえ**＝ここからは別の「母」が主人公。

ポクルィトカ＝「覆う、被せる」という意味の動詞「ポクルィチ」の派生語。身持ちの悪い印として、既婚女性と同じように髪をスカーフで覆うよう強いられたことから、こう呼ばれる。

230 **四度目の年**＝流刑になって四年目（一八五〇年）を迎え、詩を綴る紙片も四年目の章（四冊目の手帳）に入ったことを示す。

239 **きみはいずこに**＝ロシアの詩人のミハイル・レールモントフ（一八一四～四一）についての言及。シェフチェンコはレールモントフの詩を愛し、その精神を尊敬していた。オレンブルクで知り合った友人ミハイロ・ラザレフスキィ（一八一八～一八六七）に一八四七年十二月二十日付の手紙でレールモントフの詩集を送ってくれるよう頼んでいる。一八四八年春から一八四九年秋にかけてアラル海探検に参加したため、ラザレフスキィから送られたレールモントフの詩集をオレンブルクで受け取ったのは探検から帰った一八四九年暮れである。

241 **〈人びとが　呻きながら生きている場所を目にしたら…〉**

シェフチェンコが孤児になってから村の教会の学校に住み込みで働いたのは事実であるが、兄弟姉妹に関する記述は伝記的事実とは必ずしも一致していない。

250 **ニジニ・ノヴゴロド**＝ヴォルガ川とオカ川の合流地点にあるロシアの商工都市。シェフチェンコは一八五七年に恩赦によりノヴォペトロフスク要塞での勤務を免除されて船旅でニジニ・ノヴゴロドまで戻ったが、首都（モスクワおよびペテルブルク）への帰還許可が下りず、一八五七年九月から翌一八五八年三月まで足止めされた。ニジニ・ノヴゴロドに滞在中にウクライナ語による詩作を再開している。

251 **アポロンの若き妹**＝ギリシャ神話のアポロンは芸術のさまざまな分野をつかさどる九人のミューズを従えているとされる。シェフチェンコのミューズは詩の神。

254 **ヴェルサイユの盗人**＝パリ南西にあるフランス皇帝の宮殿。当時は共和政を廃して帝政を復活させたナポレオン三世が住んでいた。

255 **ニコライ**＝ニコライ一世をさす。クリミア戦争（一八五三〜五五）を始めたが敗北。

セヴァストーポリ＝クリミア半島南西端に位置する港湾都市。ロシア黒海艦隊の基地。クリミア戦争の「セヴァストーポリ攻防戦」で知られる。

256 **「イザヤ書三十五章に倣いて」**

旧約聖書イザヤ書第三十五章の翻案。

260 **〈わが慈悲深き神よ、ふたたび災難が起こりました…〉**

一八五九年四月二十九日にナポレオン三世が始めたフランスとイタリアの連合軍とオーストリア軍との戦争を指している。

262 **「マリア」**

イエスの母マリアの生涯を描いた叙事詩の冒頭の部分。シェフチェンコは詩作の初期から生涯にわたって「ポクルィトカ」（未婚の母）を主人公とする作品を書き続けたが、「マリア」は流刑時代に新約聖書に向き合うことによって深化を遂げた思想の結晶であり、ポクルィトカを聖なる存在にまで高め、昇華させた女性賛歌でもある。

278 **ネヴァ**＝ラドガ湖に発しバルト海のフィンランド湾に注ぐロシア西部の川。河口のデルタ上にピョートル一世（大帝）が建設したのがサンクト・ペテルブルクである。

279 **私生児たちの母**＝ニコライ一世妃アレクサンドラを指す。慈善事業に熱心だった。この詩に描かれているのは、皇妃の死後一八六〇年十月二十九日から十一月五日までペトロ・パヴロ寺院に安置されていた遺体にお参りするために駆り出された養護施設の娘たちの姿である。

283 **宮殿**＝冬宮をはじめとするペテルブルクの皇帝一族の居城を指す。

284 **向う岸から**＝ネヴァ川の対岸。ここに建設されたペトロ・パヴロ要塞にあるペトロ・パヴロ寺院の入り口の燈明を指している。

シェフチェンコの生涯

一　シェフチェンコ以前のウクライナ

シェフチェンコの生涯はウクライナという国（地域）の運命と分かちがたく結び合わされている、というより、ウクライナの運命そのものである。シェフチェンコの生涯をたどる前にウクライナの歴史を少しひもといてみよう。

現在のウクライナの首都キエフを都とするキエフ・ルーシが成立したのは九世紀の終わりである。キエフ・ルーシは今日のウクライナ、ロシア、ベラルーシのもととなった国家であるが、全盛期は十一世紀半ばまでで、その後はモンゴルに征服されて次第に衰微した。キエフ・ルーシの衰退後ルーシ諸民族の分化が進んだ。ウクライナ人が民族としてのアイデンティティを自覚し始めるのは、コサック（287頁解説参照）社会がウクライナの中心勢力となった十六世紀末以降のことである。

繁栄を誇ったかつての都キエフは十五世紀には荒れ果て、黒海沿岸からキエフ南方にかけてはほとんど住む人のいない未開の土地と化していた。この地に初めに入ったのはトルコ系のコサックであり、そこにさまざまな理由から国家や地主の権力の及ばない土地を目指したスラヴ系のコサックが移り住んで集団を作り、自衛のために武装した。スラヴ系のコサックはポーランド、リトアニアからの逃亡者によって構成されていた。逃亡の理由は苛酷な徴税、宗教的弾圧等さまざまであったが、最大の理由は移動の自由を禁じられた実質的な農奴身分からの逃亡であった。コサックは軍事的集団として次第に力を蓄えていった。十六世紀後半にこの地がポーランド・リトアニア王国に編入されると、コサックはポーランド王のもとで軍事的活動を担うことになった。一五七二年にはコサックの登録制度が始まり、ポーランドの軍人としての地位を保障され、指導者を選ぶ権利、裁判権、土地所有権も認められた。しかし、コサック全員が登録されるわけではなく、登録制度がコサック社会内部の階層分化を顕在化させる要因ともなった。

ウクライナ・コサックはドニエプル川の中洲に本拠地を構えたので、「ザポロージェ」（早瀬の向う）のコサックと呼ばれる。ウクライナの民族意識形勢に大きく貢献し、コサックを中心とするウクライナの繁栄の礎を築いたのは、ザポロージェ・コサックの指導者、ペトロ・サハイダーチヌィである。サハイダーチヌィは十七世紀初めにロシアとの戦争、トルコとの戦争で相次いでポーランドに勝利をもたらしたが、ウクライナの歴史から見ると最も大きな功績は荒れ果てていた古都キエフを復興させたことである。キエフに居を定め、教会を再建し、正教関係の聖職者を保護して、ザポロージェのコサックたちに正教徒としての自覚を持たせた。新たに出版所を開設し、ふたたびキエフをウクライナの文化的・宗教的中心として蘇らせた。彼の死後、一六三四年には聖職者ペトロ・モヒラによってキエフ・モヒラ・コレギウム（キエフ神学校、のちのキエフ・モヒラ・アカデミー）が設立された。キエフ神学校はこの地域で最も古い大学として、ウクライナ・コサックのエリート養成機関、ウクライナ民族主義の拠点となったばかりでなく、十七、十八世紀を通じてロシアを含めたスラヴ社会におけるもっとも重要な教育機関として優れた人材を数多く輩出した。のちのピョートル改革の担い手たちの多くもこの学校の卒業生であり、今日でもキエフ・モヒラ・アカデミー大学として歴史と伝統を誇っている。

サハイダーチヌィ亡きあと現れた優れたコサックの指導者がボフダン・フメリニツキィ（一五九五～一六五七）である。フメリニツキィは強まるポーランドの支配に抗して立ち上がり、コサックの独立国家である「ヘトマン国家」を樹立した。「ヘトマン」とはコサックの指導者を表す呼称である。ポーランドの干渉がその後も続いたため、フメリニツキィは一六五四年にロシアと同盟（ペレヤスラフ協定）を結び、ロシアの宋主権を認めたうえで、自治国としての「ヘトマン国家」を守る道を選んだ（フメリニツキィについては、ポーランドからの独立を勝ち取った偉大なコサックの指導者という評価と、ロシアに服従し支配される道を開いた裏切者という賛否両論がある。シェフチェンコはフメリニツキィの選択がウクライナをロシアに隷従させる道を開いたと考えて作品の中で糾弾しつづけた）。その後、ロシアとポーランドが一六六七年に講和を結んだため、ペレヤスラフ協定は破棄されることになり、ドニエプル川右岸（西側）をポーランド、左岸（東側）をロシアの領土とされた（ポーランド領では一七〇〇年にヘトマン制度が廃止されたためコサックのヘトマン国家はロシア領にのみ残ることになった。十八世紀末にはポーランド分割によってポーランド国家そのものが消滅する）。一六八七年にヘトマンに選出されたマゼッパ（一六四四〜一七〇九）はロシアの圧力に対抗するためにスウェーデンと組んだが、一七〇九年のポルタヴァの闘いでピョートル大帝に大敗を喫してヘトマン国家の独立の維持という夢は潰えた。

一七八二年にエカテリーナ二世（在位一七六二〜九八）によってザポロージェのシーチ（本営）が破壊され、翌年ウクライナにも農奴制が導入された。農奴制が西ヨーロッパの他の国において徐々に緩やかになっていた時代にロシアでは逆の道をたどった。農奴制こそ帝国の体制を支える経済的基盤であるとして、十八世紀末のエカテリーナ二世の時代に強化され、十九世紀に至っている。

ロシアではじめての「反専制、反農奴制」を掲げた闘いに挑んだのはナポレオン戦争に従軍・遠征してヨーロッパの先進社会に触れ、ロシアの後進性に目覚めた青年貴族将校たちである。蜂起の日の一八二五年十二月十四日にちなんでロシア語の十二月（デカーブリ）から「デカブリスト」と呼ばれている。デカブリストの蜂起は先帝アレクサンドル一世の崩御と新帝ニコライ一世即位の間の混乱に乗じて実行に移されたが、反乱軍の連携の不備によって一日で平定され、首謀者は死刑、他のメンバーはシベリアはじめ各地に流刑になった。しかし、デカブリストの精神はその後のロシアにおける自由への闘いの原点として脈々と受け継がれてきた。シェフチェンコが生まれ育ったのは、このような時代のロシアの植民地ウクライナであった。

二　少年期のシェフチェンコ

タラス・フリホーロヴィチ・シェフチェンコは一八一四年二月二十五日（新暦三月九日）にキエフ南方のズヴェニホロド郡モーリンツィ村で農奴フリホーリィ・シェフチェンコと妻カテリーナの四人目の子として生まれ、翌年家族（両親と十歳年長の姉カテリーナ、三歳年長の兄ミキータ。次姉マリアは二歳で死去）と共に父方の祖父の住む隣村キリーリフカ村（現シェフチェンコ村）に移った。ここで二人の妹、ヤリーナとマリア、弟のヨシプが生まれた。両村の地主はロシア帝国内に広大な領地と五万人を超える農奴を所有するヴァシーリィ・エンゲリガルトであった。

モーリンツィ村もキリーリフカ村もドニエプル右岸、ウクライナの森林ステップ地帯に位置している。なだらかな起伏のある土地を縫って小川が流れ、谷や茂み、丘や森が連なり、モヒラ（墓のある塚）が点在していた。シェフチェンコの母カテリーナは子どもたちをいつくしみ育て、数多くのウクライナの民謡や物語を歌い聞かせてくれた。この世に生を受けて初めて耳にし、こころに沁みこんだのは、母のことば、ウクライナ語であった。村にはオデッサやクリミアに牛車で往き来して商いをするチュマークと呼ばれる馭者兼商人たちがいたが、タラスの父も農耕の合間にこの仕事に従事していて、チュマークの歌を好んで口ずさんでいた。また両村は十八世紀後半にザポロージェのコサックと農民がポーランド貴族に対して蜂起したハイダマキ運動の最大の反乱である「コリフシチナの一揆」の舞台となったところであり、父方の祖父は一揆に参加した農民から直接戦闘の話を聞いていた。

母の声、父の歌、祖父の話が幼いシェフチェンコの魂をはぐくみ、想像力を羽ばたかせた。加えて、読み書きのできた父は息子にも八歳のときから村の教会の学校で学ぶ機会を与えた。貧しい農奴の家庭ながら、両親や兄弟姉妹と共に幸せな幼少年時代を過ごしていたが、九歳で母と、十一歳で父と死別して孤児となったタラスを待ち受けていたのは厳しい現実であった。父の再婚相手の継母とは折り合いが悪く、姉カテリーナはすでに嫁いでいた。

父の死後家を飛び出したタラスは、一時叔父の家に身を寄せていたが、その後生徒兼下男として教会の学校に住み込み、輔祭（下級聖職者）のもとで辛い仕事に明け暮れることになる。厳しい環境の中で少年は教会スラヴ語の初等読本だけでなく、祈禱・聖歌集、詩篇に精通し、輔祭の代理として詠唱するほどの力をつけていった。過酷な日々であったが、この時期に文学的素養が培われたことは疑う余地がない。ウクライナ文学の古典であるスコヴォロダやコトリャレフスキィの詩をはじめて読んだのもこのころである。

一方でタラスは、幼いころから「画家」になりたいという夢をいだき続けていた。絵の指導を受けたい一心で、隣のルィシャンカ村の輔祭のもとへ逃げ出したが、絵の師と頼んだ人からは無情にも「画家どころか桶屋になる才能さえない」という宣告を下され、夢破れてキリーリフカ村に戻ったタラスはしばらく牧童をしていた。ちょうどそのころ、父親の遺産を相続してキリーリフカ村を含む領地の新たな地主となったパヴロ・エンゲリガルトがカザチョーク（部屋付きの少年の召使）を探していた。村の管理人の推薦によってタラスが選ばれ、主人の住んでいたヴィリノ（現リトアニアのヴィリニュス）に送られたのは、一八二九年、十五歳の秋であった。

翌一八三〇年、フランスで七月革命が起こり、当時ロシアの支配下にあったポーランド、リトアニアにも波及した。秋にワルシャワで始まった蜂起が他の地方に拡がる様相を見せ始めたため、老齢のヴィリノ総督リムスキィ・コルサコフは解任され、副官を務めていたエンゲリガルトも職を辞してペテルブルクに引き揚げることになった。先に出発した主人の後を追って他の召使たちと共にシェフチェンコは翌一八三一年一月にペテルブルクに到着した。

一八三〇年のワルシャワ蜂起で大きく運命を変えられたのがポーランドの作曲家フレデリック・ショパン（一八一〇－一八四九）である。新進ピアニストとして人気を博していた彼は演奏旅行で滞在中のウィーンでワルシャワ蜂起の知らせを受け取った。騒乱のワルシャワに帰ることをあきらめた彼は翌一八三一年、パリへ向かい、そのままパリで暮らすことになる。蜂起鎮圧後、ロシアによる圧政が一段と強まり、ショパンが再び故国の土を踏むことはなかった。

三　自由の九年間

シェフチェンコの人生もロシア帝国の首都ペテルブルクに連れて行かれたことで大きな転機を迎えることになった。自分の利益を考えた主人の意向で、装飾画家シリャーエフのもとに徒弟奉公に出されたシェフチェンコは、すぐに親方の片腕として働くほどの技術を身に着け、そのかたわら、主人エンゲリガルトや縁者、知人などの肖像画も描いていた。

一八三五年六月、ウクライナ出身で当時ペテルブルク美術アカデミーの学生であったイヴァン・ソシェンコ（一八〇七～七六）との運命的な出会いがあった。ソシェンコはシェフチェンコの卓越した絵の才能を認めて、同じくウクライナ出身の作家エウヘン・フレビンカ（一八一二～四八）とフレビンカのサークルのロシア人、ウクライナ人の仲間たちに紹介した。美術史家のヴァシーリィ・グリゴローヴィチ、画家のアレクセイ・ヴェネツィアーノフ、そしてこの二人を通じて画家のカール・ブリュローフにも紹介された。三人は美術アカデミーの教授であった。さらに詩人のヴァシーリィ・ジュコーフスキィ、作曲家のミハイル・ヴィエリゴールスキィとも近づきになった。ペテルブルクの錚々《そうそう》たる文化人たちは、並外れた才能の持ち主であるこの青年に大きな期待を寄せて、彼を農奴身分から解放するために奔走することになる。当時の皇太子（のちのアレクサンドル二世）の教育係として皇室とかかわりの深かったジュコーフスキィの肖像画をブリュローフが描いて、その絵を皇室内で競売にかけるという方法で、有望な青年画家を農奴身分から解放するための資金が調達された。主人のエンゲリガルトは簡単に解放には同意しなかったが、交渉の末二五〇〇ルーブルという法外な額の解放金でシェフチェンコの自由が買い取られた。農奴解放証書の証人として連署したのは、ジュコーフスキィ、ブリュローフ、ヴィエリゴールスキイの三名である。

一八三八年四月二十二日、二十四歳で農奴身分から解放されたシェフチェンコは晴れて美術アカデミーに入学を許可された。その時の感激を彼はのちに流刑中に執筆した自伝的小説『画学生』(一八五六)の中で回想している。「いまだに信じられないのだが、こういうことが実際に起こったのだ。襤褸《ぼろ》をまとったつまらないわたしが、汚れた屋根裏部屋から美術アカデミーのまばゆいホールに舞い降りたのである」と語り、三人の恩人を「人類愛にみちたトリオ」と讃えている。農奴という、人間以下の存在であった若者が、ひとりの人間として生き始めた瞬間であった。

恩人の一人であり、「ポンペイ最後の日」の劇的な絵で人気を博していたブリュローフの愛弟子として画業に勤しむ日々が始まった。シェフチェンコに与えられたのが卓越した画才だけであったなら、人生はどんなに輝かしく幸せだったことだろう。けれども、神は彼に詩才をも与えた。自由を得ることによって目覚め羽ばたき始めた詩才はのちに大きな災いをもたらすことになる。青年シェフチェンコは絵の勉強に励むかたわら、自由に出入りすることを許された師ブリュローフの書斎で、膨大な書物に読みふけった。そして、彼が「聖堂」と呼んだこの空間で、こころの中にコブザールが登場し、伝説の物語の主人公たちが躍動し始めた。コブザールとは、ウクライナの伝統的弦楽器コブザを弾きながら、民謡や物語を歌い聞かせる吟遊詩人のことである。奴隷の身分から解放されたことによって、シェフチェンコはロシア文化の中心地ペテルブルクでウクライナに目覚めたのである。学校でも地主の屋敷で厳しく躾けられているときも封印されていたことば、母の乳とともに魂に注ぎこまれたウクライナのことばが蘇った。「ウクライナの詩神（ムーザ）はわたしを愛撫してくれた」とのちに語っているように、ウクライナ語はウクライナの自然、生活、伝承そのものであった。

解放から二年後の一八四〇年に、はじめての詩集『コブザール』（この版は書名のみロシア語で「コブザーリ」となっている）を出版した。シェフチェンコが最初の詩集を『コブザール』と名づけたのは民族の伝統を受け継ぎ語り継ぐコブザールであろうとする決意と自負の顕れであった。初版の『コブザール』以来、今日に至るまでシェフチェンコの詩集にはこの名がつけられることが多い。

『コブザール』はウクライナの民謡の伝統を受け継ぎ、農民のことばとして卑しめられていたウクライナ語を詩の言語にまで高め、強制的にロシアに同化させられていたウクライナの人びとに己の文化に対する自覚を促した。ウクライナは政治的・経済的にロシアに支配されていただけではない。十八世紀の半ばにはウクライナ語は文語の地位を完全にロシア語に明け渡していたが、この流れに逆らって、近代ウクライナ語確立の試みも始められていた。十八世紀半ばの哲学者・詩人であったスコヴォロダに始まり、叙事詩『エネイーダ』の作者コトリャレフスキィに受け継がれたウクライナ語復興の事業を完成させたのがシェフチェンコであった。農民のことばとして貶められていたウクライナ語の口語に教会スラヴ語の要素を加えて、格調高く、力強いウクライナ語を生み出したのである。

『コブザール』は同時にコサックの活躍した過去の栄光の時代を生き生きと描いて、民族の歴史への誇りを取り戻させた。収められた全八篇にはシェフチェンコのその後の詩作の特徴がすべて顕れている。冒頭を飾るのは「わたしの詩《うた》、わたしの想いよ」であるが、彼は「想い＝ドゥムィ」ということばに「自分のこころの想い」と伝統的な「ウクライナの歌」の二重の意味をこめて詩人としての覚悟を歌った。ウクライナの農村女性の悲劇を描いた物語詩「カテリーナ」はこの詩集の中心となる作品であり、恩人ジュコーフスキィに捧げられている。そしてもう一つの重要なテーマがコサックの活躍を描いた、ある意味で神話的ともいえる歴史物語である。歴史的題材を扱った三篇の詩は翌一八四一年発表の長編叙事詩『ハイダマキ』の先駆けをなすものであり、のちの詩集『三年』で思想的にさらに深められる。

ポーランド人の支配層と闘った「ハイダマキ」について少年時代に老人たちから聞かされていたシェフチェンコは、その姿を生き生きとした表現によって一大叙事詩に結実させた。勇猛で誇り高いコサックの不羈《き》の英雄たちの活躍を描いたこの作品は、当時のロシアの高名な評論家ベリンスキィには酷評された。ベリンスキィはウクライナ語を農民の口にのみ残る劣ったことばと見なし、文学としての価値を完全に否定し、過去の遺産である口承文学を記録するという点に限り、ウクライナ語の文語としての地位を認めたのである。現代の文学として価値ある作品は「ロシア語」で書かれなければならず、作家や詩人は

「ロシアの子」として活動しなければならない、というのがベリンスキィの信念であった。まさにこの「ロシアの子」として活躍した同時代のウクライナ出身の作家がニコライ・ゴーゴリ（ウクライナ語名ミコラ・ホーホリ。一八〇九〜五二）であった。

シェフチェンコにとっても、肉親との手紙のやり取りなどを除いては、生活のことばはロシア語であったし、日記、手紙さらには散文小説もすべてロシア語で書いている。ただ、「詩」だけはロシア語ではなくウクライナ語でなければならなかった。彼の魂をはぐくんだのはウクライナ語で表現された民謡であり物語であり歴史であった。彼の詩作品の多くが民謡の形式で書かれていることにもウクライナ語でなければ表現しえない大きな理由があったと言えるのである。

ウクライナ語による詩作を批判され、さらに画業に専念していないという理由で画家奨励協会の奨学金を打ち切られたシェフチェンコは、一八四三年春、故郷の支援者である地主のフリホーリィ・タルノフスキィの招待に応じて、帰郷する友人フレビンカと彼の妹とともにウクライナを目ざして旅立った。十五歳の時にヴィリノに送られて以来、十四年ぶりの帰郷であった。かつての召使の少年は今を時めく高名なブリュローフの愛弟子として成功をおさめた画家であり、『コブザール』、『ハイダマキ』を世に送り出した詩人でもあった。ウクライナの地主たちは郷土の英雄を競って招待した。キエフでかねてより文通のあった作家のパンテレイモン・クリシと初めて会って数日を共に過ごしたのち、故郷のキリーリフカ村に立ち寄った。フレビンカは自分の領地ウビジシェを訪れたシェフチェンコを、六月二十九日にモイシフカ村のヴォルホフスカ夫人の屋敷で催された夜会に同伴した。二夜連続で開かれたパーティには近在の地主、知識人たちを中心に二百人もの客人が出席していた。そのなかにいたオレクサンドル（アレクサンドル）・アファナーシェフ＝チュジビンスキィの回想によると、シェフチェンコの登場は非常に印象的だったようである。

「フレビンカが見知らぬ人とともに玄関に到着した。二人が入ってきた。連れは中背のがっしりした体格で、その顔は一見普通に見えたが、瞳が非常に知的で表情豊かに輝いており、わたしは思わず知らず彼の方に注意を惹きつけられた」。そして、フレビンカがシェフチェンコを紹介すると、「瞬く間に噂が家中に広まり、わたしの部屋は郷土の詩人と知り合いになろうとする崇拝者たちで満ち溢れた。わたしたちはフレビンカとホールに向かった。客は玄関の間に群がり、フランス語以外では話したことのないような嗜《たしな》みのある淑女たちでさえ、シェフチェンコを一目見ようと待ち構えていた。詩人はあきらかにこの華々しい出迎えに感動した様子であった。〔中略〕すぐシェフチェンコは自分の家にいるようにくつろいだ」。

二日にわたった夜会でシェフチェンコはその後の活動に重要な役割を果たすことになる多くの友人を得た。ロシア軍の士官でアマチュア画家のヤキフ・デ・バリメン、自由主義的な思想の地主ザクレフスキィ兄弟、民俗学者で出版人のプラトン・ルカシェーヴィチ、デカブリストの南方結社のメンバーであったオレクサ・カプニスト（蜂起当日は不在であったため、行動には参加していない）らとの出会いがシェフチェンコのこころに暖かな感動を呼び起こした。ロシア社会の輝かしい伝統であるデカブリストの縁者たちとの出会いはシェフチェンコにあらためてロシアの解放思想の担い手に対する深い尊敬の念を引き起こさずにはいられなかった。はじめてのウクライナ旅行におけるもっとも豊かで貴重な体験であった。

ヴォルホフスカ邸を辞した後、知り合ったばかりのカプニストに連れられてヤホーチンにあるレプニン＝ヴォルコンスキィ公爵の屋敷を訪れた。公爵はナポレオン戦争に従軍しており、弟のセルゲイ・ヴォルコンスキィはデカブリスト蜂起の参加者としてシベリアに流刑になっていた。公爵の屋敷はデカブリストたちへの深い共感とセルゲイの思い出に満ちており、とくに公爵令嬢ヴァルヴァーラは叔父セルゲイを深く愛していた。シェフチェンコはデカブリストの崇高な精神を讃える詩「追悼」をヴァルヴァーラに捧げている。この詩は二点しか残されていないシェフチェンコのロシア語の詩の一つである。旅行中最も長く滞在した公爵邸で、シェフチェンコはドイツ人画家ホールヌンクの描いた公爵の肖像画の模写を手掛けている。また公爵の孫（ヴァルヴァーラの兄の子ども）たちの肖像画も残している。

輝かしい出会いの一方で、農奴に対する地主の非人間的で苛烈な態度を地主の側に身を置いて見なければならない苦痛も味わった。地主から人間以下の存在として扱われ、地主の華やかな生活の陰で呻吟する農奴の姿は、五年前までの自分の姿そのものであった。シェフチェンコの理解者として招待してくれた地主タルノフスキィやルカシェヴィチの農奴

農民の一家（油絵、1843年）

に対する残酷な仕打ちは彼の心を抉《えぐ》り、ひどく傷つけた。地主の屋敷から目を転じれば、ウクライナの農村の想像をはるかに超える貧しい現実があった。虐げられた人びとの姿とウクライナの村の疲弊した姿に彼は打ちのめされ、「どこに行っても自分は泣き続けていた」と友人に書き送っている。のちに著した小説『音楽家』（一八五四～五）のなかで、地主と農奴の関係を激しい憤りをこめて描写している。

一八四四年一月に再びキエフに立ち寄ったのち、モスクワ経由でペテルブルクに戻った彼は、兄弟や妹たちを農奴身分から買い戻すための資金を得るために、版画集『絵のように美しいウクライナ』を出版した。友人たちの協力にもかかわらず、目標の金額を得ることはできなかった。

ウクライナを旅行していた一八四三年末からいったんペテルブルクに戻った時期を挟んで、再びウクライナに帰郷した一八四五年までの足かけ三年のあいだに書いたほとんどすべての詩を彼は『三年』という手書きの詩集に清書している。詩集『三年』はシェフチェンコの思想を知るうえでもっとも重要な作品群であり、彼の代表作とされる詩の大半はこの時期に執筆されている。ウクライナの悲惨な現実を目の当たりにした苦悩の中から生み出された詩の数々は、そのあまりに激しい批判精神のゆえにのちに大きな惨禍をもたらすことになる。ロシア政府が問題にしたのは「ロシア批判」であったが、シェフチェンコの詩のもう一つの際だった特徴は「ウクライナ批判」であった。ロシアの支配層に加担してウクライナの農民を苦しめる地主たち、その地主たちに唯々諾々と従うもの言わぬ民衆に対しても、深い嘆きのこもった憤りのことばを投げかけている。シェフチェンコは人間の尊厳を傷つける者すべてを糾弾したのである。詩集『三年』はウクライナの詩人としてウクライナ語で詩を書く覚悟と決意をあらためて宣言するものでもあった（ヴァルヴァーラ・レプニナに捧げたロシア語の詩「追悼」は詩集『三年』には含まれていない）。

四　逮捕、そして流刑

一八四五年三月、美術アカデミーの課程を修了したシェフチェンコはふたたびウクライナに向かった。前回の旅行で親交を結んだ人びとのもとに滞在したり、故郷キリーリフカに兄弟や妹たちを訪ねたり、県からの依頼を受けて遺跡の発掘調査に同行して記念碑や風景を描くかたわら、歌謡や民謡の収集も手がけた。この年は詩作の面でも生涯を通じて最も創造的な年であった。十月から十二月のあいだに、ほぼ週に一篇のペースでつぎつぎとすぐれた作品が生み出される。詩集『三年』の作品の多くがこの三か月に綴られた。暮れには病を得て死を覚悟するが、友人である医師のコザチコフスキィのもとで静養して快癒

ペレヤスラウのヴォズネセンスキイ寺院（水彩画、1845年）

する。「遺言」はこのとき死を覚悟して書いた詩である。

一八四六年二月、キエフ東方の町ニジンで絵画教師をしていた恩人のソシェンコと再会した。キエフでは歴史家ミコラ（ニコライ）・コストマーロフ（一八一七〜六六）と知り合い、秘密結社「キリロ・メフォーディ兄弟団」のメンバーを紹介された。このころ、健康上の理由で職を辞したキエフ大学の絵画教師の後任としてシェフチェンコが推薦されて、大学で職を得ることにも大きな期待を寄せていた。しかし、キリロ・メフォーディ兄弟団にかかわったことでシェフチェンコの運命は暗転する。結社のメンバーはハリコフ大学、キエフ大学の教師と学生を中心に集まっていたウクライナの若い知識人たちであり、目的は「神の前の絶対的平等という理念に基づいて農奴制を廃止すること」、および、「スラヴ諸民族の対等な関係を基礎とするスラヴ連邦をウクライナ民族の主導のもとに形成すること」にあった。運動の実態はなかったが、キエフ大学の学生ペトロフに結社の存在を密告されて、一八四七年春にコストマーロフ、フラーク、ビロゼルスキィ、シェフチェンコら十二名が次々と逮捕され、ペテルブルクの皇帝直属官房第三部の監獄に収監されて、厳しい取り調べ受けた。第三部の任務は諜報活動であり、ニコライ一世の治世を通じて非常に厳しい取り締まりと苛烈きわまる弾圧が行われた。ペトラシェフスキィ事件に連座して作家ドストエフスキィ（一八二一～八一）が逮捕され、死刑を宣告されたあと、執行直前に罪一等を減じられてシベリアに流刑になるのはシェフチェンコの逮捕の二年後のことである。

逮捕された十二名のうち、首謀者はコストマーロフ、フラーク、ビロゼルスキィとされた。シェフチェンコが結社のメンバーであるという証拠は見つからなかったが、所持品の中の手書きの詩集『三年』に綴られた詩のいくつかが反逆的、反政府的であるとして有罪を宣告された。罪状の一つはウクライナの過去の栄光の歴史を現在の悲惨な状況と対比させることによって「反ロシア」的感情を煽《あお》った罪であり、もう一つは「夢」という長編叙事詩の中でツァーリと皇后を戯画化して描写し侮辱した「不敬の罪」であった。

下された判決は、フラークがシュリッセリブルク監獄で三年の禁固刑、コストマーロフはペトロ・パヴロ要塞監獄で一年の禁固刑の後サラトフに流刑、ビロゼルスキィはオロネツ県ペトロザヴォックに流刑となった。他のメンバーも含めて、流刑になった者たちはそれぞれの流刑地で当局の監視付きながら官吏あるいは教育者として活動することが許された。学生であったメンバーは学業を終えて官吏として職に就くことが義務付けられた。

シェフチェンコに対する判決は、詩に表現された誹謗中傷の罪により、オレンブルク独立大隊に一兵卒として流刑に処し、いかなる形であれ、煽動的で誹謗的な著作を執筆することを禁ずる、というものであったが、ニコライ一世はさらに自らの手で「書くことと描くことを禁じて最も厳重な監視下に置くこと」と書き加えた。結社のメンバーであることが証明されなかったにもかかわらず、首謀者とされた三名に比べてこれほどの重い刑が科せられたのは、他のメンバーとは異なる基準で裁かれたからである。当局は「反ロシア的」内容の詩が学生たちの間に広まることを警戒したが、それに加えて、シェフチェンコが農奴出身であったことも大きく影響している。ニコライ一世の命令によって流刑に処せられた者たちは枚挙にいとまがないが、貴族の子弟は首都から遠ざけるという目的さえはたせれば、流刑地での活動は自由であった。有能な青年を国家のために役立てたいという当局の意図があったからで、流刑地で官吏として勤務させられることが多かったのはそのためである。シェフチェンコに対する判決についてベリンスキィは「自分が判決を下すとしても、これ以上軽い刑にはしない」と友人に書き送っている。ロシアの進歩的知識人の一翼を担うベリンスキィにとって「ウクライナ民族主義」は「ウクライナ分離主義」「反ロシア主義」にほかならず、断固否定すべき思想であったのだろう。

シェフチェンコは判決後ただちにロシア南部の国境地帯を警備するオレンブルク独立大隊に送られた。大隊が駐屯するオレンブルク要塞は、ウラル山脈の西麓のウラル川に臨む場所に築かれていた。現在のカザフスタン共和国との国境近くである。この地でシェフチェンコは生涯にわたる親しい友人となる官吏のミハイロ・ラザレフスキィとその兄弟らと知り合った。オレンブルクで数日過ごした後、ウラル川のさらに上流に位置するオルスク要塞に配属された。画家であり、詩人であるシェフチェンコが描くことも詩を綴ることも禁止されて、一兵卒として国境警備の任につくのはどれほどの苦痛であったことか。流刑中も禁を破ってひそかに詩を書き綴らずにはいられなかった。

逮捕によって、それまでの交友関係もほとんど断ち切られた。故郷で歓迎してくれた人びとのこころにももはや痕跡さえ残っていないのではないか、と狂おしい思いに駆られる日日であったが、流刑地の辛い生活の中で、好意を示してくれる友人や上官にも出会っている。一八四八年五月末頃、オレンブルク大隊はアレクセイ・ブタコフを隊長としてアラル海探査の航海に出た。ブタコフはシェフチェンコを「画家」として同行させることを願い出て許可されたので、探検中には多くの風景画を公然と描くことができた。また、要塞にいる時に比べて監視の目が緩やかであったので詩作品も多く残している。流刑中の作品の大半はアラル探検のあいだに書かれている。

この航海中シェフチェンコはオレンブルク大隊所属の有名な地図製作者のカルル・ゲルンと知り合う。のちにシェフチェンコが「無人のオレンブルクで唯一の人間」と語ったほどの親しい交わりは一八四九年から一八五〇年にかけて続いた。シェフチェンコは数か月間ゲルンの家に寄宿して、絵を描いたり、詩や小説を書いたりして過ごしている。この時期に彼はそれまで監視の目を盗んでひそかに紙片に書き綴っていた詩を小型の手帳に自ら清書した。

しかし、シェフチェンコの孤独感と絶望感は「唯一の人間」で埋めるにはあまりに深かった。手紙をやり取りしていた数少ない友人に宛てて彼は訴えずにはいられなかった。「わたしはもうほとんど確信に近いものを抱いています。ふたたび楽しい日にめぐりあうこともなく、愛する人たちにも肉親の者たちにも相まみえる日はないであろうと。（中略）わたしは今底なしの淵に堕ちた悪人のように、あらゆるものにしがみつこうとしています。希望がないというのは何と恐ろしいことでしょう！　これほどまでに恐ろしい状態と戦う力を持っているのはキリスト教の哲学だけです。（中略）現在のわたしの唯一の歓びは福音書です。研究するという態度を捨て、毎日、毎時間読んでいます。」（ヴァルヴァーラ・レプニナ宛、一八五〇年一月一日）

ひそかに絵を描き詩を書いていた違反行為が当局に知られて、一八五〇年四月二十三日にシェフチェンコは再び逮捕された。捜索の情報はラザレフスキィを通じてシェフチェンコに伝えられていたので、捜索前にゲルンとその妻の肖像画や詩作品などは焼却していた。自ら清書した詩の手帳とスケッチブックはゲルンが預かって隠していたため、官憲の手には渡らず、のちにシェフチェンコの元に無事に戻っている。

再逮捕後、シェフチェンコはカスピ海のマンギシュラク半島のノヴォペトロフスク要塞に送られ、オルスクよりもはるかに厳しい自然環境の中で一八五七年までの七年間を囚人として過ごすことになる。一八五一年にオレンブルク独立大隊はマンギシュラク半島のカラタウ山脈に探検隊を派遣することになった。探検隊はノヴォペトロフスク要塞に立ち寄って要員を補充したが、そのなかにシェフチェンコも入っていた。この探検中にも労務要員としての任務を果たしながら、目にした風景を鉛筆や水彩で多数描いている。

一八五三年に要塞の指揮官として赴任してきたイラクリィ・ウスコフはシェフチェンコに好意的で、数々の便宜を図ってくれた。書くこと、描くことを認め、軍事教練の負担を減らすための配慮もしている。シェフチェンコはしばしばウスコフの家を訪れて家族とも親しくなった。とくに息子のドミートロを可愛がっていて、この子が幼くして亡くなったときにはひどく悲しんで、幼子の墓碑銘を自ら認《したた》めたという。一八五三年から五五年にかけて、ウスコフの肖像画、ウスコフ夫人と子供の肖像画を何枚か描いているが、長官の立場にあるウスコフへの配慮から、サインの日付をウスコフの赴任前の一八五二年としている。

五　釈放から晩年まで

一八五五年にニコライ一世が死去して、皇太子がアレクサンドル二世として即位した。シェフチェンコの支援者、友人たちは恩赦を願い出たが、新皇帝は自分の母親（ニコライ一世妃）を侮辱する詩を書いたことを理由に、すぐには同意しなかった。友人たちの奔走が実って二年後にようやく兵役の免除が決定した。シェフチェンコはノヴォペトロフスク要塞を出発する前の一八五七年六月十二日から日記を書き始めている。アストラハンからの乗船許可が下りたのが八月一日、船が到着するまでの数日間アストラハンで待機した。八月二十二日に船はようやく出航した。ヴォルガをさかのぼる船旅で、サラトフ、カザン、ニジニ・ノヴゴロドまで行き、その後ウラヂーミル、モスクワを経由してペテルブルクを目指す予定であった。

アストラハンではアレクサンドル・サポジニコフはじめ数人の旧友が出迎え、シェフチェンコの恩赦を祝ってくれた。サポジニコフはアストラハンの裕福な海産物製造業者の息子で、少年時代ペテルブルクの美術アカデミーの絵画のクラスで学んだことがあり、シェフチェンコとは顔見知りであった。当時の少年は今や立派な実業家であり、ニジニ・ノヴゴロドまでの船旅に同行して、ようやく自由の身になったシェフチェンコを何かと気遣ってくれた。

出航して五日後の八月二十七日の日記にシェフチェンコは記している。

「月の美しい、静かで魅惑的な夕べだった。果てしなく広い、鏡のようなヴォルガは透明な雲に覆われて、白い顔の夜の佳人や暗い木木の繁みのある断崖をその身に穏やかに映してい

海から見たノヴォペトロフスク要塞（水彩画、1857年）

た。〔中略〕この表現しがたい魅惑、この視覚による無言のハーモニーが、静かでこころのこもったヴァイオリンの音色によってますます豊かになった。解放農奴の魔術師は三夜連続で、自分の木製のヴァイオリンの妙なる音色によって、わたしの魂を永遠のハーモニーの作者のところへと引き上げてくれた。〔中略〕粗末な楽器から彼は感動的な響きを繰り出した。とくにショパンのマズルカに胸を打たれた。スラヴ共通のこれほどこころの琴線に触れる、深い哀愁にみちた歌に聴き入ったことはなかった。」

シェフチェンコはウクライナを訪れて地主の屋敷に滞在していたとき、しばしば庭の木の下に坐り、使用人たちに歌を歌って聞かせていたという。ポーランド農民の舞踏音楽に基づくマズルカを聴きながら、スラヴ民族が背負ってきた共通の歴史と文化を改めて感じたのであろうか。ロシアの支配の犠牲となって故国に帰国できなかったポーランドの作曲家フレデリック・ショパンの運命と、兵舎という牢獄から十年ぶりに解放されたわが身を引き比べたのであろうか。

船がサラトフに停泊した時にはコストマーロフの母を訪ねて、ペテルブルクの牢獄の窓からその姿を目にして以来、十年ぶりの再会を喜び合った。コストマーロフはこのとき外国に行っていたので会っていないが、のちにペテルブルクで再会している。

九月二十日、船は目的地ニジニ・ノヴゴロドに到着した。シェフチェンコは直ちにモスクワを経由してペテルブルクに向かうつもりだった。しかし、当局はシェフチェンコに首都（モスクワ、ペテルブルク）への立ち入りを許可していなかった。シェフチェンコは帰還を待ち望んでくれている友人、知人たちに何通もの手紙を書いて、助力を頼んだ。解放農奴でモスクワ・マールィ劇場専属の俳優として高い評価を得ていた旧知のシチェープキン（一七八八〜一八六三）はシェフチェンコの懇願を聞き入れてモスクワからニジニ・ノヴゴロドまで会いに来てくれた。シチェープキンの訪問はどんなにうれしく心強かったことだろう。彼はすでに六十六歳という高齢であったが、このときニジニ・ノヴゴロドの劇場で客演もしている。

ここまで来て足止めされたシェフチェンコの心中は穏やかではなかったが、三月にニジニ・ノヴゴロドを発つまでの半年は、十年間社会から隔絶された生活からゆっくりと社会復帰するための準備期間であったと言えるかもしれない。図書館でまず由緒あるロシアの大商業都市ニジニ・ノヴゴロドの歴史を学び、流刑中には読むことのできなかった多くの書物に次つぎに触れている。国外から持ち込まれたゲルツェンの非合法の出版物『北極星』、『鐘』をはじめて読んだのもニジニ・ノヴゴロドにおいてである。直接会う機会はなかったが、シェフチェンコはゲルツェンに対する深い尊敬の念を日記に記している。ゲルツェンは、シェフチェンコにとって「アポストル」（使徒）と呼ぶにふさわしい存在であった。ニジニ・ノヴゴロドではデカブリスト運動の参加者たちとも会う機会があった。シベリアに流刑になり、その後各地で官吏として勤めた後、ようやく一八五六年にニジニ・ノヴゴロドへの帰還を許されたデカブリストのイワン・アンネンコフやアレクサンドル・ムラヴィヨフ、最初のウクライナ旅行で訪れたレプニン＝ヴォルコンスキィ公爵の弟のセルゲイ・ヴォルコンスキィらとの出会いに深く心を動かされた。ヴォルコンスキィの妻エカテリーナはネクラーソフの詩『デカブリストの妻』のヒロインの一人ヴォルコンスキィ夫人その人であった。そのほかにもデカブリストの思想と行動に共鳴する多くの人たちに出会ったことを日記に書き留めている。

ニジニ・ノヴゴロドでは風景や建物の絵を数多く描いた。ニジニ・ノヴゴロド滞在の終わりごろからウクライナ語の詩作も再開した。この地で書いた叙事詩「ネオフィティ」と自画像をシチェープキンに贈っている。

友人、知人たちの奔走によって一八五八年三月にようやくペテルブルクへの帰還、居住許可が下りた。とくに美術アカデミー副総裁のフョードル・トルストイ伯と夫人のアナスターシヤの骨折りが功を奏したようである。

三月八日に橇でニジニ・ノヴゴロドを出発し、ヴラヂーミルで馬車に乗り換えて三月十日にモスクワに到着、シチェープキンの家に数日滞在した。このとき、息子のピョートル・シチェープキンにもたびたび会い、「アポストル（使徒）・ゲルツェンの肖像写真」を贈られたと日記に記している。また最初のウクライナ旅行のときにキエフで知り合ったウクライナの民俗学者でフォークロア収集家のミハイロ・マクシモーヴィチと再会した。マクシモーヴィチは妻マリアともどもシェフチェンコを歓待した。ロシアの作家セルゲイ・アクサーコフからも家族ぐるみの暖かい歓迎を受けている。

三月二十六日にシチェープキン家の人々に別れを告げ、翌二十七日には鉄路でペテルブルクに到着した。多くの友人たちが帰還を待ち受けていて、歓迎してくれた。赦免されたとはいえ、シェフチェンコは常に官憲の監視のもとに置かれていたが、美術アカデミーの建物の一室に居を構えて水彩画や銅版画を制作し、執筆活動も行った。

ペテルブルクに帰還した翌年の六月から九月にかけて、シェフチェンコは三度目のウクライナ旅行に出かけた。モスクワで一泊してシチェープキンと再会した後、一路ウクライナを目指した。ウクライナではマクシモーヴィチの家に十日ほど滞在し、夫妻の肖像画を描いている。故郷のキリーリフカ村には六月二十七日に到着して、いまだ農奴身分のままの兄弟や妹たちとの再会を果たした。ドニエプルにほど近いコルスンに住む従兄を訪ねたり、母の実家があったモーリンツィ村に立ち寄ったりもしている。このときの旅行の最大の目的は自分の住む家を建てるために準備した土地の測量をすることであった。シェフチェンコは家の設計図まで描き上げていたが、現地を訪れた時の言動を当局に告発されて、警察に拘束された。人生で三度目の逮捕の理由は、測量を手伝っていた農民たちの前で、イエスの母マリアについて「瀆神的な会話」をしたというものであった。シェフチェンコの弁明に当局が納得したのかどうかはわからないが、数日で釈放された。しかし、ドニエプルを見下ろす小高い丘の上に家を建てて住みたいという願いは許可されず、伴侶を得て安らかで充足した生活を送りたいという望みもかなわなかった。

ペテルブルクに戻った後は古くからの友人や帰還後に知り合った知人たちと交流しつつ、人生最後の時間を過ごさざるをえなかった。流刑後の生活に関しては、日記（一八五八年七月十三日まで）、手紙のほか、雑誌の編集者の依頼で執筆した『自伝』や友人たちの回想など、当時の生活と生涯を知る手がかりとなる資料が多く残されている。

晩年の自画像（銅版画、1860年）

シェフチェンコは一八六一年二月二十六日（新暦三月十日）にペテルブルクの美術アカデミーの自室で四十七年の生涯を閉じた。厳しい自然環境での長期にわたる兵役がシェフチェンコの健康を蝕んでいた。心臓と肝臓を病んでいたと伝えられている。亡くなる七日前の二月十九日にはアレクサンドル二世がロシアにおける農奴制の廃止令を裁可し、三月七日に公布された。シェフチェンコの生涯はまさに「農奴制との闘い」そのものであった。この世で最も悲惨な境遇に置かれた人びとの苦悩を身をもって理解することがシェフチェンコに課せられた運命だったのだろうか。想像を絶する苦難を背負いながら、これほど魂の純粋さを保ち続けられたのは稀有のことであろう。シェフチェンコの葬儀は二月二十八日（新暦三月十二日）にペテルブルクでとり行われ、市内のスモレンスク墓地に埋葬された。葬儀には友人たちの他、大学生、美術アカデミーの学生、ロシアの著名な作家たちが大勢参列した。亡くなる前年にペテルブルクの文学の夕べではじめて顔を合わせたフョードル・ドストエフスキィ、『デカブリストの妻たち』の作者ニコライ・ネクラーソフ、サルトゥイコフ・シチェドリン、アレクサンドル・プィピンらもシェフチェンコとの別れを惜しんだ。

四月末になってシェフチェンコをウクライナに埋葬する許可が下りた。遺体は特製の棺に納められて列車でモスクワへ、モスクワから馬車でキエフに移送された。モスクワでもキエフでも棺はしばらく教会に安置され、多くの友人やシェフチェンコの賛美者たちが別れを告げに訪れた。キエフからは船でドニエプルを下り、カニフのウスペンスキィ教会に到着後、「修道僧の山」と呼ばれる丘に埋葬された。生前ついにかなえられなかった「ドニエプルを見下ろす丘の上に家を建てて暮らす」夢は、死後ようやく実現した。

カニフでの葬儀には友人、知人にとどまらず、ウクライナ社会の様々な階層の代表者たちが参加した。その数は警察の発表で二千人とされている。当局はこれが反政府運動に発展することを怖れて厳戒態勢を敷いたという。そして死後一五〇年以上の時を隔てた今日でも事情は変わっていない。二〇一三年暮れから始まった当時の政権に対する抗議デモが翌年の生誕二百年祭に向けて大規模な暴動に発展することを当局は極度に警戒していた。生誕記念日を待つまでもなく、一月の不幸な流血の大惨事を経て旧政権は倒れた。新暦三月九日の生誕二百年祭は凄惨な悲劇の舞台となった独立広場で大群衆の参加のもとに盛大に祝賀された。その後もウクライナは困難を抱え続けているが、今なおシェフチェンコはウクライナの人びとにとって、抑圧に抗し、人間の尊厳を護る闘いのシンボルであり続けている。

六　シェフチェンコと女性たち

シェフチェンコはモーリンツィ村の母カテリーナの生家の隣の家で生まれた。翌年父方の祖父の住むキリーリフカに移り住んだので、シェフチェンコの記憶の中ではキリーリフカ村が故郷だったようである。キリーリフカ村（現シェフチェンコ村）にはシェフチェンコの育った家が彼の描いた絵（「キリーリフカ村の父の家」）をもとに忠実に復元されている。敷地は現在シェフチェンコ博物館として整備されて、建物の脇には母カテリーナの墓もある。幼くして母と死別した子どもたちがいつでも母に会いに行けるよう、母親の墓だけは敷地内に建てることが当時から許可されていたという（父の墓は村の共同墓地にある）。幼時に母を喪ったことに加えて、農奴から自由人へ、そして再び囚われの身に、という境遇の激変が彼のこころに焼けつくような飢餓感と並外れた批判精神を芽生えさせ、一方で母性にたいする強い憧れを懐かせることになったのであろう。「われらの地上の楽園でもっとも美しいのは　幼子を抱いた　若き母の姿」と詩に綴ったように、「幼子を抱いた若き母」こそ、彼の生涯追い求めた理想の女性像であった。

シェフチェンコの詩作品には女性を主人公とするものが多く、その大部分は女の幸せを踏みにじられた女性たちである。こうした女性の悲劇は当時の農村社会では日常的に起っていた。だからこそ、民謡にもしばしば歌われ、小説にも描かれているのであるが、不幸な境遇に陥った女性に対する同情の念はシェフチェンコにあってはとりわけ強く深かった。カテリーナは池に身を投げて命を絶つが、「雇われ女（ナイミチカ）」（一八四五）の主人公ハンナはわが子を子宝に恵まれなかった裕福な老夫婦の屋敷の門前に捨て、自ら乳母として雇われて、身分を隠してわが子を育て上げる。この物語では子どもの父親について一切語られていない。ハンナは一人でわが子の生きる道を切り開く。そして、晩年に至ってシェフチェンコは、未婚の母として最も美しく気高く尊敬すべき存在としてイエスの母マリアを主人公とした叙事詩「マリア」を完成させるのである。

シェフチェンコの実人生に登場したのはどのような女性たちであったのだろうか。

少年時代の初恋

オクサーナ・コヴァレンコ（一八一七〜?）は近所に住んでいた幼馴染の少女である。シェフチェンコはいくつかの作品の中でオクサーナを追憶している。幼いころから互いに好意を持ち、母親たちも将来ふたりを結婚させようと考えていた。しかし、タラスは両親が亡くなった後にヴィリノに連れて行かれ、その後オクサーナも両親と死別し、一八四〇年に地主の命令で隣村の農奴と結婚させられた。シェフチェンコはオクサーナの結婚について故郷の肉親から手紙で知らされている。一八四一年にペテルブルクで書いた「修道女マリヤーナ」はオクサーナに捧げられていて、冒頭の献辞は幸せな少年時代を懐かしむことばに満ちている。最初のウクライナ旅行で故郷キリーリフカ村を訪れたときには、彼女はすでに二児の母であった。その後も数点の作品の中でオクサーナを追憶しているが、〈わたしたちはともに育ち……〉の中で語られているようにオクサーナが未婚の母（ポクルィトカ）になったという事実はない。

ポーランドのお針子

ヴィリノに住んでいたとき、シェフチェンコはポーランド娘のお針子ドゥーニャ（ヤドヴィーガ）・グシコフスカと知り合い、淡い恋心を抱いたようである。彼女は少年タラスにポーランド語を教えてくれたが、彼は自由人と農奴の身分の違いをも実感させられた。二人の交流はタラスがペテルブルクに連れて行かれたことで途切れる。のちに友人への手紙で回想しているように、ヴィリノはシェフチェンコにとってドゥーニャとの思い出に満ちた懐かしい町であった。

モデルの少女

シェフチェンコはアカデミーに入学後、しばらくのあいだ、友人であり恩人でもあるソシェンコの住まいに同居していた。その同じ建物に住むある家族に引き取られたドイツ人の孤児マリア・ヤキヴナにすぐに夢中になるが、ソシェンコも彼女を愛していて結婚まで考えていた。やがて友人同士の仲は険悪になりシェフチェンコはソシェンコの家を出たが、マリアはシェフチェンコの住まいを訪ねるようになったらしい。のちに流刑地で書いた自伝的小説『画学生』で主人公の青年が夢中になる少女パーシャのモデルは彼女であったと考えられている。パーシャが実在のマリアの姿とどの程度重なりあっているのかわからないが、謎の多いヒロインである。

ハンナ・ザクレフスカ

ウクライナを訪れたシェフチェンコの前に煌めく星のように登場した運命の人がプラトン・ザクレフスキィの妻、ハンナ・ザクレフスカ（一八二一〜五七）であった。二人の間の交流を示す資料は残されていないが、シェフチェンコのハンナに対する熱い思いを伝えているのは、彼が描いたハンナの美しい肖像画（一八四三）と流刑地で綴った二篇の詩である。二人の関係はシェフチェンコのその後の境遇の変化で断ち切られた。

公爵令嬢ヴァルヴァーラ

同じ時期に出会い、のちにシェフチェンコの人生で重要な役割を果すことになるもうひとりの女性がヴァルヴァーラ・レプニナ（一八〇八〜九一）である。知的で感情豊かな女性であったヴァルヴァーラは出会ってすぐにシェフチェンコの才能と人間的魅力の虜になったが、ヴァルヴァーラの母、公爵夫人はシェフチェンコを連れてきたカプニストに彼を娘から遠ざけるよう頼んでいる。いかに才能豊かであるとはいえ、農奴出身の男性に対する娘の情熱はけっして許すことのできないものであった。しかし、この恋が実らなかったのは母親の妨害によるものではなく、シェフチェンコ自身がヴァルヴァーラを恋愛の対象とは見ていなかったからであろう。六歳年上の知性も感情も豊かな女性に対してシェフチェンコが抱いたのは、友情、あるいは姉か庇護者に対するような感情であった。シェフチェンコは彼女に「追悼」を捧げているが、彼女の肖像画は描いていない。シェフチェンコが版画集を出版した時にヴァルヴァーラは知人たちに宣伝して販売に協力している。シェフチェンコが流刑になった翌年にはシェフチェンコに絵を描くことを許可してほしいという請願書を第三部長官オルロフに送っている。請願は却下されたが、その後も流刑中のシェフチェンコとたびたび手紙をやり取りして彼を精神的に支え続けた。釈放されたあとにはペテルブルクに帰還するシェフチェンコに会うためにモスクワまで来ている。生涯にわたって自分がシェフチェンコの守護天使の役目をはたすべき存在であると考えていたようである。文学的才能にも恵まれていた彼女は手紙、回想のほかにシェフチェンコを主人公とする小説を残している。

司祭の娘

一八四五年三月、美術アカデミーの課程を終えたシェフチェンコはウクライナに暮らすことを決意して再びキエフに向けて旅立った。九月に故郷キリーリフカを訪ねた際、彼を招待してくれた地区の司祭フリホールィ・コシツィの娘フェオドーシャと結婚したいと申し出たが、彼の願いは聞き入れられなかった。

ウスコフ夫人

一八四七年に流刑になったシェフチェンコのこころの慰めとなったのが、一八五三年にノヴォペトロフスク要塞の長官として赴任してきたイラクリィ・ウスコフとその家族だったが、なかでもウスコフ夫人のアガタ（アガーフィヤ、一八二八〜九九）は囚われの身のシェフチェンコの憧れの女性であり、こころの支えであった。

「比べる者のないこの美しい夫人はわたしにとってはまさに神の恩寵です。わたしがこころ奪われるただひとりの人、時として詩境に至るほどの存在です」。「わたしは彼女を高められた純粋なこころのすべてで、感謝のこころをもって愛しています。」と友人あての手紙に書いている。女性としてだけでなく母親としての理想の姿を彼女の中に見ていたのかもしれない。この崇拝ともいえる彼女へのプラトニックな愛も、狭い地域では格好のゴシップの種となった。ウスコフ家との関係が悪化することはなかったようであるが、彼女への熱烈な崇拝の念は断ち切らざるを得なかった。

若き女優

一八五七年に恩赦を受けた後、ニジニ・ノヴゴロドで半年間足止めされたとき、舞台出演中であった若きロシア人女優カテリーナ・ピウノヴァ（一八四一～一九〇九）に惹かれた。はじめて舞台を見たのは一八五七年の十月であるが、その後頻繁に劇場を訪れて観劇するだけでなく、ニジニ・ノヴゴロドまで会いに来てくれたシチェープキンとともになにくれとなくピウノヴァの面倒を見た。ウクライナの劇を上演するときはウクライナ語の指導もした。本を貸したり、彼女の朗読を楽しんだりしたことも克明に日記に記している。また劇場のレビューにピウノヴァの演技について称賛の文章を寄せている。翌一八五八年一月、ピウノヴァがニジニ・ノヴゴロド以外の町の劇場に移ることを望んでいると知ったシェフチェンコはハリコフの劇場の支配人に依頼の手紙を書いて、彼女の移籍の手助けをするために積極的に動いた。日記には、結婚生活が彼女の妨げにならないなら、ピウノヴァはかならずや女優として大成するだろう、と記している。そんな日々が続いた一月末、シェフチェンコはピウノヴァ一家と郊外でマースレニツァ（春を迎える前のスラヴの祭り。カーニバルにあたる）を祝った数日後に手紙でプロポーズする。四十四歳の誕生日を迎える直前であった。しかし、彼女はそれ以降決して二人きりで会おうとはせず、プロポーズの返事もなかった。自分の思いが届かぬことを悟った二月九日、彼は日記にウクライナ語の詩「運命」、「ミューズ」、「栄光」の三部作を書きつけている。ピウノヴァは彼より二十七歳年下の十六歳であった。一八六〇年に俳優と結婚している。後年、ピウノヴァは回想記で、彼女の面倒を見てくれたシェフチェンコとシチェープキンを「お父さんたち」と呼んでいる。

マクシモーヴィチ夫人

ペテルブルクへの帰還の途中立ち寄ったモスクワでは友人のマクシモーヴィチと久々の再会を喜び合った。夫とともにシェフチェンコを歓待してくれた若い妻マリア（一八三四～八二）の姿を見て、彼は羨望を禁じえなかっただろう。マリアは夫マクシモーヴィチより三十歳年下であった。ウクライナの没落貴族の娘で、生家はマクシモーヴィチの家と隣同士であった。高い教育を受け、音楽の才能に恵まれていた。歌とピアノ演奏が得意な彼女はシェフチェンコを食事に招いた時、歌を歌い、ピアノを弾いてもてなした。マリアの歌うウクライナの歌を聴いて、まるでドニエプルのほとりにいるようだとシェフチェンコは感じている。彼はマリアに自筆の「家のそばの桜の庭」を贈った。ペテルブルクに帰還後の一八五九年に三度目のウクライナ旅行をしたとき、ウクライナのマクシモーヴィチの屋敷に招かれて十日ほど滞在し、彼と夫人の肖像画を描いている。美しいウクライナ人の若妻マリアに対して憧れと思慕の念を懐いたことは想像に難くない。

使用人ハリチナ

長く辛い流刑生活の孤独に耐え続けた彼の結婚願望はペテルブルクに帰還後ますます強くなっていた。「いや、結婚しなければならぬ。たとえ、悪魔の妹とでも!」と呻くようなことばを綴った彼である。帰還後のウクライナ旅行で従兄の使用人であったハリチナ・ドヴホポレンコ(一八四一〜?)に出会い、結婚を望んだ。ペテルブルクに帰った後、従兄あての手紙で彼女の気持ちを聞いてほしい、彼女に自分との結婚を勧めてほしい、と何度か頼んでいる。しかし、ハリチナにその気持ちはなく、従兄もこの結婚には賛成ではなかった。

ナーヂャ

旧知のウクライナ地主タルノフスキィの妹ナーヂャ・タルノフスカ(一八二〇〜九一)とは友人のような親しい関係にあった。自由であったシェフチェンコがウクライナに滞在していた時期、二人は知人の子どもの洗礼に際して教父教母の役を引き受けたことがある。流刑後にシェフチェンコがペテルブルクで暮らすようになってからは、ともに文学の夕べに参加したり、連れ立って散歩するなど交友関係が続いていた。ナーヂャはシェフチェンコが病に倒れてからも見舞いに訪れているが、結婚を望んだシェフチェンコに対して彼女が抱いていたのは友情と尊敬だけだった。

最後の恋人リケラ

シェフチェンコが最後に結婚を望んだ女性はリケラ・ポルスマーコヴァ（一八四〇～一九一七）である。彼女はシェフチェンコの友人マカーロフの農奴であったが、解放されてマカーロフの妹カルタシェフスカヤ夫人の召使として仕えていた。一八六〇年八月に知り合い、シェフチェンコは真剣に結婚を考えていたが、わずか一か月後の九月に二人は別れてしまっている。「リケラに」と題された詩（八月五日）には自分を理解し、共に生きてほしいというシェフチェンコの祈りにも似た切実な願いが述べられているが、翌九月の「ニコライ・マカーロフへ」（九月十四日）では二人にすでに破局が訪れたことが記されている。九月二十七日付けの「Lに」は、別れの原因を作った婚約者に対する恨みと悲しみに満ちている。二人が別れるに至った経緯についてシェフチェンコは一切語ろうとしなかったそうである。それだけ彼の受けた傷は深かったのだろう。リケラはその後結婚して子どもも授かったが、結婚生活は幸せではなかったらしい。夫と死別し、子どもが成人したのちは、シェフチェンコの墓のあるカニフの近くに住んで、たびたび墓に詣でていた。「これほどの人であると知っていたなら……」と後悔の言葉を口にしていたという。

リケラと別れた半年後に、ついに妻と子とともにある幸せを味わうことなく、シェフチェンコは生涯を終えた。彼の人生に寄り添ったのは、どんなときにも彼を裏切らなかった詩の女神（ムーザ）であった。

訳者あとがき

わたしがシェフチェンコという詩人をはじめて知ったのは大学生の時である。樹下節氏《じゅげたかし》の名訳（『近代ロシヤ詩集』、三笠新書、一九五五年。ロシア語からの翻訳）を読んで強い衝撃を受けた。詩人の怒りのなんと激しいことか、その悲しみのなんと深いことか、そして小さき者、弱き者に注ぐまなざしのなんと暖かいことか。いつかこの詩人の作品を彼の書いたことばで読みたい、樹下氏のような名訳は望むべくもないが、平易な現代の口語で日本語に訳してみたい、とひそかにこころに決めた。樹下氏の訳はシェフチェンコの流刑期以降の作品であった。

長男が六年生になり、次男が小学校に入学するのと同時にわたしも大学院に復学して、シェフチェンコと向き合う日日が始まった。ウクライナ語の勉強は必須であるが、日本語による辞書も教科書もなく、英語とロシア語が頼りの独学だった。ウクライナ語から訳したいという念願の一部が『シェフチェンコ詩選』（大学書林、一九九三）として実現したのは、シェフチェンコという詩人を知ってから四半世紀以上も後のことである。その後『叙事詩マリア』（群像社、二〇〇九）を翻訳してからは、しばらくシェフチェンコから離れていた。

二〇一三年になって、翌年のシェフチェンコ生誕二〇〇年記念祭にはぜひとも出席したい、という気持ちが強くなった。「シェフチェンコの詩を日本語で紹介したいという念願をまだほんの一部しか果たしていない」という思いもわたしをウクライナに向かわせる大きな力になった。

記念祭出席の準備をしていた十一月末、EU加盟問題を巡ってキエフでは親ロ的な前政権に対する抗議の声が上がった。はじめは市民による穏やかなデモであったが、運動は日ごとに激しさを増し、ついに年明けの流血の大惨事となった。あれから五年近くが過ぎたが、東部地域での親ロシア派との戦闘とロシアによるクリミア併合という不幸な出来事はいまだ解決の糸口を見出せていない。

ウクライナ情勢が予想もしなかった展開を見せたその時期に、はからずもウクライナを訪問することになったわたしは、記念祭前日の三月八日、キエフのマイダン（独立広場）に向かった。広場は惨劇の跡も生々しく、何かが焼け焦げた後の強列な匂いが鼻を衝いた。銃撃の犠牲になった市民や学生の写真が飾られ、たくさんの花が手向けられていた。とても翌日に記念祭が開催できる状態ではないように思われた。ところが、明けて三月九日、マイダンは全く違った姿をあらわした。異臭漂う雑然とした広場は見違えるように片付けられ、掃き清められて、すがすがしい空気の中、広場中央にしつらえられた舞台の上で正教の聖職者による祝福の儀式が執り行われている。その様子を広場を埋め尽くした大群衆が見つめ、テレビカメラが生中継していた。シェフチェンコという詩人に寄せるウクライナの人の思いの深さにあらためて気づかされた。シェフチェンコの生誕記念日はウクライナがいかなる状況にあろうとも、否、危機に瀕していればこそ、民族のあり方と進むべき方向を考えるために人びとが集う厳粛な行事なのである。「民族の独立と統合の象徴」としての詩人シェフチェンコの力をこのときほど強く感じさせられたことはなかった。

三月九日の記念祭の翌日の十日にはキエフ大学でシェフチェンコ生誕二〇〇年記念研究大会が開催され、翌翌日は駐ウクライナ日本大使館で、当時大使の任に当たられていた坂田東一氏と夫人の洋子氏主催のシェフチェンコの夕べが開かれた。キエフ大学、シェフチェンコ博物館、文学研究所のそれぞれの関係者や市内の高校の教師、生徒たちが集い、さらに歌手のユーリーさんがバンドーラを演奏しながら朗々たる声でシェフチェンコの詩を歌って座を盛り上げた。

宴が終わるころ、一人の物静かな紳士に声をかけられた。国立科学アカデミーの文学研究所上級研究員でシェフチェンコ研究者のヴォロディーミル・モフチャニュク氏であった。わたしがどんな作品を日本語に訳したのか知りたいとおっしゃったので、『シェフチェンコ詩選』と『マリア』を見ていただいた。ていねいに目次を辿ったあと、「もっと日本語に訳してほしい作品があります」とおっしゃって、新しい訳詩集のための作品選定を引き受けてくださることになった。シェフチェンコの全体像に近づけるような詩集を編みたいと願ってきたわたしにとって思いがけないうれしいお申し出であった。それから半年後にモフチャニュク氏から「タラス・シェフチェンコの抒情詩」という表題のついた二部構成のリストが送られてきた。訳者が『シェフチェンコ詩選』収録作品をもとに選んでいた三三篇とモフチャニュク氏選の六八篇を合わせて一〇一篇とし、一冊の詩集に編んだのがこの訳詩集である。

第一部は孤独がテーマである。この世で周囲の世界から断ち切られた存在である孤児や若い娘、未婚の母、老母、囚人、孤独な老人たちの悲劇的状況が語られている抒情詩が中心である。これらの作品は限られた歴史と地域に根ざした詩人の体験をとおして語られてはいるが、日本の読者にも理解しやすい世界であろう。第二部は社会的、哲学的あるいは宗教的、倫理的なテーマを詩によって表現した、思索的な内容の作品である。十九世紀の帝政ロシアに生きたシェフチェンコの独自の歴史観と宗教観に支えられた表現からは、第一部に比べるとやや特殊で難解な印象を受けるかもしれない。

新たな詩集の構成については、モフチャニュク氏選に従って内容別の二部構成にすべきか、あるいは全作品を執筆年代順に配列すべきか、編集・出版を引き受けてくださった群像社の島田進矢氏と検討を重ねた。シェフチェコが自分の詩作品を分類しているわけではない。むしろ両者が内容的に重なり合うことの方が多い。『コブザール』は全作品収録の場合も選集の場合も、執筆年代順に配列されるのが常であるから、内容別に分類することが適当かどうか迷った。モフチャニュク氏の選定作品は、それぞれのグループの特徴がはっきりしているが、訳者選の作品はどちらのグループに入れるべきか判断しかねるものが多かった。しかし、検討の結果、全体を二部に分けて配列することに決めた。二部に分けることによって、はじめてシェフチェンコの詩に接する読者に詩人を理解するひとつの手がかりを提供できるのではないかと考えたからである。それぞれの部は執筆年代順に配列したが、順序が前後する場合は注記した。訳詩集がこのような形で完成したのは、以上のような事情でモフチャニュク氏の協力によるところが大きい。長編叙事詩を収録できなかったことなど不満はあるが、詩作を始めた最初期の作品から亡くなる直前の作品までシェフチェンコの全詩作品のほぼ半数をカバーしており、詩人の生涯の軌跡の全容に迫るような詩集を編むことができたのではないかとひそかに自負もしている。

シェフチェンコは十九世紀のロシア帝国支配下のウクライナの詩人であり、その詩は彼の生きた時代と苦難に満ちた生涯を切り離して理解することはできないが、本書をひもといてくださる読者の方には、どの時期からでも、どのページからでも気の向いたところから読み始めていただいてかまわない、と思っている。人間の尊厳を問い続けた彼の詩から、時代と地域を越えて、人としての共通の思いを感じとってもらえるなら、訳者としてこれ以上うれしいことはない。

この訳詩集は訳者の若いころからの念願がかたちになったものであるが、日本の読者にシェフチェンコの詩を知ってもらいたいというウクライナの人の思いにも強く後押しされている。モフチャニュク氏との出会いはわたしにとってまさにシェフチェンコの引き合わせとしか思えない幸運であった。『シェフチェンコ詩選』を出版した直後に知り合って以来の友人で、『現代ウクライナ短編集』の共訳者であるオリガ・ホメンコ氏（キエフ・モヒラ・アカデミー国立大学文学部歴史学科准教授、エッセイスト）は、わたしがウクライナ語の難しい表現に出会うたびに教えを乞うウクライナ語の先生でもある。今回の仕事でもモフチャニュク氏との最初の出会いの時から四年間、ずっとつきあっていただき、大変お世話になった。お二人の協力がなければ、このような形で訳詩集を完成させることは難しかっただろう。こころからお礼申し上げる。

二〇一六年に来日されたウクライナのポロシェンコ大統領からは、「ウクライナ文学、とくにシェフチェンコの作品の紹介に功績があった」として、オリガ公妃勲章を授与された。勲章は、成し遂げた仕事の評価ではなく、取り組んでいる仕事への励ましと受け止めてありがたく頂戴した。多くのウクライナの方たちの「シェフチェンコを広く紹介してほしい」という思いがわたしを後押ししてくれた。

シェフチェンコにかかわり始めて以来わたしを指導し、見守ってくださった先生方、友人たちのお名前をここでお一人お一人挙げることはできないが、変わらぬ励ましがわたしを支え、わたしの力になったことにこころから感謝しお礼申し上げたい。また、ロシア語を学ぶことをわたしに勧めてくれた亡き父と、わたしを応援し続けてくれた家族にもこの場を借りて感謝の気持ちを伝えたい。

訳詩集が日の目を見ることができたのは、ひとえに群像社の島田進矢氏のおかげである。島田氏にはすでに『現代ウクライナ短編集』、『叙事詩 マリア』でお世話になっているが、とくに今回の仕事では構成の段階からたびたび相談に乗っていただいた上に、わたしがこの仕事を進める上での舵取り役を担ってくださった。訳文、注、解説の細部にいたるまで丹念に目を通して適切な助言をいただいたことは言うまでもない。島田進矢氏というすばらしい出版人に出会えたことがわたしの最大の幸運であった。どれほど言葉を尽くしてもお礼の気持ちを伝えきれない思いである。改めてこころからの感謝を捧げたい。

シェフチェンコの詩が多くの読者の方に届くことを願いつつ。

二〇一八年八月

藤井悦子

収録作品

第一部

第二部

［付記］

1　底本はТарас Шевченко, Повне зібрання творів у 11 тт. Київ, Науково думка, том 1,2 (1989-1990) であるが、つぎの二冊も参照した。Тарас Шевченко, Кобзар, Київ, Видавець Корбущ, 2008. Тарас Шевченко, Кобзар, Видавничо-поліграфічний центр "Київський університет", 2013.

2　固有名詞の発音と表記について。地名、人名等の固有名詞はできる限りウクライナ語の発音に近い表記を心がけたが、コサック、キエフ、ドニエプル、カテリーナ等わたしたちが慣れ親しんでいる固有名詞については、コザーク、キーウ（あるいはクィイーウ）、ドニプロ、カテルィナとは表記せず、従来の英語表記、ロシア語表記等を採用し、必要に応じてウクライナ語の発音に従った表記を注記した。なお、詩人の姓のシェフチェンコは、「シェウチェンコ」がウクライナ語の発音に近いと言われることもあるが、ウクライナ人に聞いても必ずしもそれが原語に忠実な表記とは言えないようなので、本書では既訳もあってこれまでなじみのある「シェフチェンコ」を採用した。

3　父称について。ウクライナでもロシアと同じく、名前の正式な表記は、タラス・フリホーロヴィチ・シェフチェンコのように、名―父称―姓である。敬意をこめた表現として、タラス・フリホーロヴィチのように「名―父称」が使われるので、父称は日常生活では姓よりも重要な役割をはたしていると言える。しかし、本書では人名は解説中に出てくるだけなので、煩雑さを避けて、名―姓のみで表記した。

4　日本語訳のある長編叙事詩について。

本書では長編叙事詩はその一部しか掲載できなかったが、本書で取り上げなかった作品も含めて、日本

語訳のある長編の詩作品は以下の通りである。興味のある方は参照していただきたい。（シェフチェンコの執筆年代順）

「カテリーナ」（小松勝助訳、『世界名詩集大成12ロシア』、平凡社、一九五九年）
「カテリーナ」、「ハイダマキ」（渋谷定輔・村井隆之訳、『シェフチェンコ詩集』、れんが書房新社、一九八八年）
「夢」（渋谷定輔・村井隆之訳、『シェフチェンコ詩集　わたしが死んだら』、国文社、一九六四年）
「ナイミチカ」（同右）
「マリア」（藤井悦子訳、『マリア』、群像社、二〇〇九年）

タラス・シェフチェンコ
(1814-1861)

農奴の子として生まれながら若くして絵の才能を認められ、ペテルブルクの芸術家たちの尽力で農奴から解放されて美術アカデミーに入る。その後、詩人として作品を世に問い始めたがウクライナ独立の政治運動に加わり皇帝を批判したという理由で流刑になった。圧政に苦しめられながらもウクライナ民族の誇りをもちつづけ晩年恩赦で釈放されてからもウクライナ語で詩を書き、絵も描き続けた。現在のウクライナでも人々の精神的支柱としてあつい支持を受けている。

編訳者　藤井悦子(ふじい えつこ)

1942年生まれ。東京外国語大学ロシア科卒業。一橋大学大学院社会学研究科博士課程修了。ウクライナ文学研究・翻訳者。2016年に日本におけるウクライナ文学の普及、なかでもシェフチェンコの紹介で功績を評価されてウクライナからオリガ公妃勲章を授与された。訳書に『シェフチェンコ詩選』(大学書林)、『現代ウクライナ短編集』、シェフチェンコ『叙事詩 マリア』(共に群像社)、論文に「シェフチェンコの叙事詩《マリア》と福音書」などがある。

シェフチェンコ詩集 コブザール

2018年10月17日 初版第1刷発行
2022年 6月11日 第2刷

著 者 タラス・シェフチェンコ
編訳者 藤井悦子

発行人 島田進矢
発行所 株式会社 群 像 社
神奈川県横浜市南区中里1-9-31 〒232-0063
電話／FAX 045-270-5889 郵便振替 00150-4-547777
ホームページ http://gunzosha.com Eメール info@gunzosha.com
印刷・製本 モリモト印刷

カバーデザイン／寺尾眞紀

Тарас Шевченко
Кобзар
Taras Shevchenko
Kobzar

ISBN978-4-903619-90-3

タラス・シェフチェンコ　叙事詩　**マリア**　藤井悦子訳

人びとが圧政に苦しみ救い主が現われるのを待ち望んでいた時代にイエスの母となった貧しいマリア。その苦難の生涯を静かで力強い叙事詩にしたウクライナの国民的詩人シェフチェンコの代表作。（さし絵／たなか鮎子・ウクライナ語原文付き）

ISBN978-4-903619-13-2　1200円

現代ウクライナ短編集　藤井悦子 オリガ・ホメンコ編訳

ロシア文化発祥の地でありながら大国ロシアのかげで長年にわたって苦しみを強いられてきたウクライナ。民族の独立をめざし、みずからの言語による独自の文学を模索してきた現代作家たちが、繊細にまた幻想的に映しだす人々と社会。現代ウクライナを感じる選りすぐりの作品集。

ISBN4-905821-66-5　1800円

オリガ・ホメンコ　**ウクライナから愛をこめて**

ウクライナの首都キエフに生まれ、チェルノブイリ原発事故が深く記憶に刻まれた子供時代をすごし、日本の大学で学んだ女性が忘れられない人々の思い出と故郷の街の魅力を日本語でつづったエッセイ。やさしく静かに語るウクライナの心。

ISBN978-4-903619-44-6　1200円

ポゴレーリスキイ　**分　身**　あるいはわが小ロシアの夕べ

栗原成郎訳　孤独に暮らす男の前に自分の《分身》が現れ、深夜の対話が始まった。男が書いた小説は分身に批評され、分身は人間の知能を分析し、猿に育てられた友人の話を物語る…。ドイツ・ロマン派の世界をロシアに移植し19世紀ロシア文学の新しい世界を切りひらいた作家の代表作。ISBN978-4-903619-38-5　1000円

価格は税別

群像社の本

マンデリシュターム　石　エッセイ 対話者について　早川眞理訳

20世紀はじめのロシア詩の「銀の時代」を代表する詩人の第一詩集。言葉を石として積み上げる詩の建築で時代の亀裂に垂直に立つ世界文明を思い描いた詩人の作品とツェラン、ブロツキイらその後の二十世紀詩人たちの光源となったエッセイを併録。

ISBN4-905821-45-2　1800円

ブロツキイ　ローマ悲歌　たなかあきみつ訳

白い紙の真ん中におかれた黒い言葉の塊、それは一人の人間が世界のなかに占める比率を思い出させる。「永遠」と「一瞬」、「古代」と「今」をわずか12の詩連によってしっかりと定着させたブロツキイの言葉。創作史上も重要な詩の世界。ロシア語原文付き。

ISBN4-905821-62-2 1000円

クーチク　オード　たなかあきみつ訳

「この作品は生態系のカタストロフをめぐる思索であり、盛期ロシア古典主義の詩学と疎外という現代的な音色が息をのむほど融合している」とブロツキイに評された長編詩。古典的詩法を蘇らせながら現代詩に新たな空間を切り開いた海への謳歌。

ISBN4-905821-46-0 1500円

アイギ　ヴェロニカの手帖　たなかあきみつ訳

生まれてすぐのまだ語り出す前の娘と、言葉が生まれる前の世界のふるえを知る詩人が共に過ごした最初の半年。そのかけがえのない時に交わされた視線と微笑と沈黙に捧げられた詩と絵の掌編。

ISBN4-905821-63-0　1500円

価格は税別